나의 직업은
엄마입니다

나의 직업은 엄마입니다

즐거운집의 특별한
위탁가정 이야기

조경희 지음

성이 모두 다른 우리는
한 지붕 아래에서 가족이 되었습니다

문예춘추사

저의 직업은 '엄마'입니다

　서른다섯이 되던 해 여름, 한 달에 한 번 찾아오는 그날의 느낌이 이상해 보건소를 찾았습니다. 일주일 후, 검사결과가 나왔다며 다시 와서 조직검사를 하라더군요. 바쁘다고 나중에 간다고 하니, "지금 무슨 말씀을 하시는 거예요! 검사결과가 안 좋으니까 지금 당장 큰 병원으로 가시라고요!" 하며 수화기 너머로 버럭 소리치는 간호사의 말을 듣고 아차 싶었습니다. 그동안 제 몸이 어떻게 망가지는지도 모르고 오직 일에만 매달려왔는데 무언가 몸에 큰 이상이 생겼음을 직감했습니다.

"악성입니다. 지금 당장 수술하셔야 합니다."

별수 없이 찾아간 병원에서 의사의 말을 듣고서야 그동안 제 몸을 돌보지 않은 자신을 원망했습니다. 하지만 죽을 수도 있다는 사실에 대한 공포보다 열 살, 네 살인 아이들 걱정에 눈앞이 아득했습니다. 아직은 손이 많이 필요한 시기인데, 아이들이 엄마 없이 살 수도 있겠구나 싶어 눈물이 쏟아졌습니다.

그런다고 해결되는 것은 아무것도 없었습니다. 이 모든 것은 제가 오롯이 감당해야 하는 저의 삶이었습니다. 저는 약해서 무너졌지만, 엄마는 마음을 다잡고 아이들을 위해 살아야 한다고 마음을 다잡았습니다. 수술을 하기 위한 준비를 했습니다. 김치도 넉넉히 담가놓고, 큰아이 담임선생님께도 알려 혹 준비물을 챙기지 못하더라도 양해를 부탁한다고 말씀드리고 도시락 싸 들고 운동회에도 갔습니다.

다행히 수술은 무사히 끝났습니다. 전신마취를 하고 4시간 동안 수술실에서 감각 없이 누워 있다 나온 후에야 처음으로 죽음이 나와 거리가 먼 이야기가 아닌 제 삶의 일부임을 가슴으로 느꼈습니다. 수술 후 3일이 지나, 운동하지 않으면 장이 유착되어 다시 수술해야 한다고 등 떠미는 간호사에 이끌려 반강제로 병원 주차장에 내려왔을 때, 볼을 스치는 바람이 어찌나 부드럽고 달콤하던지 눈물이 났습니다. 그런 바람을 느끼지 못하고 살아온 지난 시간이 너무나 슬프게 다가왔습니다. 병원을 향해 종종걸음으로 줄지어 걷는 사람들도 수술 이전의 저와 같이 치열하게 삶을 살아내느라 이런 달콤한 바람을 느끼지 못하는 것 같아 안타까웠습니다.

그때부터 날마다 지금처럼 살지 않을 거라고, 이제는 다르게 살고 싶다고 연애편지를 쓰듯 엽서에 써서 남편에게 보냈습니다. 그리고 건강하게 산다면 엄마의 돌봄을 받지 못하는 아이를 키우겠다고 생각했습니다.

그 생각은 그로부터 7년째 되던 해 병원 정기검진을 받으러 가는 고속버스 안에서 현실이 되었습니다. 수양부모 협회의 박영숙 회장님이 어느 라디오 프로그램에 나와 수양부모에 대하여 소개하는 이야기를 듣고, 저는 수양부모가 되기 위한 실행에 바로 들어갔습니다. 교육을 받고 여섯 살 여자아이를 위탁해 키우기 시작한 것이, 제가 DNA가 다른 아이들과의 동거가 시작된 지점입니다. 그렇게 시작된 돌봄을 받지 못하는 아이들과의 동거는 지금 22년째 계속되고 있습니다.

그래서 저의 직업은 '엄마'입니다. 집에선 35년 동안 엄마이고, 22년 동안은 또 다른 아이들의 엄마를 하고 있습니다. 엄마를 직업으로 하는 직업인입니다. 이 직업은 참 묘합니다. 마음으로 낳은 자식들을 하나하나 보듬다 보면 어느새 그들에게

감화된 제 자신을 바라보곤 합니다.

저는 여전히 삶과 죽음 사이를 걷고 있습니다. 출발점은 아득히 멀어졌고, 도착지점은 점점 가까워지고 있습니다. 하루하루가 허투루 보낼 수 없는 시간입니다. 그렇다고 특별히 삶에 집착하여 그동안의 수고를 보상하듯 여행을 즐기고 취미생활로 시간을 채워 넣지 않습니다. 저에게는 아직 엄마의 사랑이 고픈 아이들이 있으니까요. 그 아이들 모두 엄마의 손맛을 기억하고 사회에 나가 당당하게 살아가기를 바라는 마음으로 아침 여섯시면 어김없이 아이들의 아침을 준비합니다.

저는 저의 아이들이 너무나 사랑스럽고, 저의 직업이 자랑스럽습니다.

CONTENTS

프롤로그 저의 직업은 '엄마'입니다 ♥ 004

01 하루 딱 5분만 해볼까? ♥ 010

02 엄마라고 부르는 순간 ♥ 015

03 아이가 어떻게 되면 책임질 거예요? ♥ 019

04 날마다 칼을 만드는 주니 ♥ 025

05 삶과 죽음 사이 ♥ 033

06 한 아이로 지켜봐주세요 ♥ 039

07 도벽이 병일까? ♥ 044

08 시가 50만 원 킹크랩을 먹던 날 ♥ 050

09 내가 나하고 노는 시간 ♥ 055

10 생후 6일 동안 무슨 일이 일어났을까? ♥ 061

11 잠에서 깨어난 아이가 일어서지 못한다면? ♥ 068

12 말 한마디 ♥ 075

13 떼쓰는 것도 의사표현일까? ♥ 081

14 절차 ♥ 086

15 주의력 결핍(ADHD), 검도로 풀다 ♥ 094

16 "도시락 주세요" ♥ 100

17 한번 엄마는 영원한 엄마 ♥ 105

18 '하세요'를 '하고 싶어요'로 ♥ 113

19 삭제하고 싶은 3년 ♥ 119

20 지옥에서 건져 올린 200만 원   ♥126

21 오늘도 웃는 아이   ♥134

22 너희는 형제가 왜 성이 달라?   ♥139

23 겹쳐지지 않는 환이   ♥144

24 친구 사이의 조건   ♥150

25 속옷에 실례하는 중2라면?   ♥155

26 알파세대   ♥160

27 우리 엄마 은행   ♥167

28 0.7평 상담소   ♥173

29 설거지하는 시간   ♥179

30 가치 있는 지식과 가치 없는 지식   ♥184

31 나는 누구이며 어디로 가야 하는가   ♥189

32 고양이 밥을 먹어도 엄마랑 살고 싶어   ♥195

33 거짓말을 사실로 믿는 민지   ♥200

34 잘하는 것과 못하는 것   ♥206

35 보내는 마음   ♥212

36 따라쟁이   ♥217

37 비켜가는 대화   ♥222

38 엄마의 고향   ♥227

39 차가운 사랑   ♥232

40 과거, 현재, 미래를 걷다   ♥237

41 엄마는 관심인데 아이는 간섭이라 합니다   ♥242

하루 딱 5분만
해볼까?

"편식이 심하며, 손가락 하나 움직이기 싫어하는 무기력증, 밤마
다 거리를 방황하는 습관이 있음."

제가 전달받은 지만(가명)이에 대한 정보입니다. 손가락 하
나 움직이는 것도 귀찮아하는 지만이를 5학년 때 만났습니다.
지만이에게 깊게 새겨진 아이의 가정 문화도 같이 데리고 왔
습니다. 어딘가 공허하다고 할까요? 그런데 지만이 뼛속에는
13년 동안의 흔적이 없었습니다. 상처와 분노와 외로움과 슬
픔을 꾹꾹 눌러 마음 깊이 묻어버렸는지 아니면 물 흐르듯 흘
려보내 버렸는지 텅 빈 공간만이 만져졌습니다.

지만이는 밤이면 엄마가 없는 집이 싫어 콘크리트 숲을 누비다 밤 12시가 넘어 엄마가 집에 들어온 것을 확인하고 들어와 조용히 자리에 눕습니다. 엄마는 '어디 싸돌아다니다 이제 들어오냐'고 야단을 치지만 혀는 제멋대로 꼬여 말이 되어 나오지 않습니다. 엄마는 지만이의 마음을 모릅니다. 초라하고 허름한 울타리여도 괜찮습니다. 엄마라는 울타리가 있어야 잠을 잘 수 있기 때문에 엄마가 들어올 때까지 이슬을 맞으며 걷고 또 걷는 것을 궁금해하지도 않고 야단만 칩니다.

일을 하다 매일 밤늦게 술에 취해 들어오는 엄마를 의심한 아빠의 언어폭력은 도를 넘었고, 언어폭력을 견디다 못해 신고한 것이 두세 번 반복되어 긴급 분리되는 바람에 지만이는 생면부지의 낯선 아줌마를 따라왔습니다.

지금까지 어떤 환경에서 무엇을 하며 어떻게 성장했는지는 그다지 중요하지 않습니다. 저에게는 지만이가 의욕적으로 무엇인가를 하도록 도와주는 것이 의무이자 책임으로 주어졌을 뿐입니다. 아무것도 하기 싫어하는 아이에게 강제로 무엇인가를 하도록 하는 것은 불가능에 가깝고, 설사 시작한다 해도 오래가지 못합니다. 스스로 선택해서 하도록 하고 선택한 것에 대하여 책임을 지도록 해야 합니다. 그래야 지속가능성을 조금이나마 기대할 수 있습니다.

처음 주어지는 과제는 명분이 있어야 하고 무조건 쉽고 가벼워야 합니다. 이 정도야 뭐, 까짓것 하지 뭐, 하고 시작해서 한 번 두 번 쌓아갈 때 이전의 습관 위에 새로운 습관이 덧입혀져 습관이 바뀌고, 습관이 바뀌면 삶이 바뀌는 것을 아이들을 양육하며 여러 번 경험했습니다. 문제는 지만이가 '이까짓 것' 하고 시선을 보낼 그 무언가를 찾는 것입니다.

일단 "너 휴대폰 가지고 노는 것 좋아하는구나! 컴퓨터 가지고도 놀 줄 아니?"라고 물었습니다. 모른다는 답이 돌아왔습니다. 아이의 손에 들린 휴대폰은 LG Q510M인데 집에는 컴퓨터가 없다고 했습니다. 방과후 컴퓨터 교실에서 몇 번 듣기는 했으나 재미가 없었다고 합니다. 일단 컴퓨터 앞에 앉아 한글 파일을 열고 이름을 타자해보라고 했습니다. 한참을 더듬거리며 자판을 찾아다녔습니다.

"우리 집에서는 하루 5분이라도 생산적인 일을 해야 간식을 먹을 수 있는 티켓이 주어져. 그래서 여섯 살 어린이도 책을 읽거나, 타자를 치거나, 그림을 그리거나, 색종이를 접거나, 자기가 하고 싶은 것을 해."

"……."

"너도 무엇인가를 하고 간식을 먹어야 동생들 앞에서 떳떳

하지 않겠니? 내가 보기에 하루 5분 동안 타자를 치면 좋을 것 같은데 어떠니?"

지금까지 한 번도 생각이란 것을 해본 적이 없는 지만이가 눈을 어디에 둘지 몰라 안절부절못합니다. 머릿속에서는 돌 굴러다니는 소리가 요란합니다. 소리가 너무 커서 들킬 것 같아 자꾸만 손톱을 물어뜯습니다. 유치원에 다니는 주니는 5학년 형이 손톱을 딱딱 소리가 나게 물어뜯는 모습을 보며 '손톱을 물어뜯으면 안 되는데' 합니다. 순간 자존심이 상한 지만이는 불끈 화가 치솟아 주먹을 날릴 뻔했는데 겨우 참아냈습니다.

너는 MZ세대이고 네 안에는 컴퓨터를 잘할 수 있는 DNA가 있는데 사용하지 않아서 못할 뿐이라는 저의 말에 지만이는 "귀찮지만 하루 5분이라면 그 정도는." 하고 당당하게 간식을 먹기로 합니다.

손가락 하나 움직이기 싫었던 지만이에게 하루 5분 타자 치기는 무기력의 늪에서 분주한 세상을 향해 슬며시 발을 내미는 일이었습니다. 세상이 엄청나게 무섭고 두려웠는데 발가락을 꼼지락거리며 조금씩 들이밀어 발 전체로 한 발 내디뎠지만 아무 일도 일어나지 않았습니다. 오히려 주변의 모든 사람이 손뼉 치며 칭찬해줍니다. 쑥스럽지만 기분은 괜찮습니다. 내친김에 하늘에서 내리는 낱말을 손가락으로 되받아치는 게임을 합니다. 한 단어라도 땅에 떨어지지 않도록 이리저리 글자를 향해 뛰며 열심히 손가락을 움직입니다. 재미가 있습니다. 재미가 있으니 자꾸만 하고 싶어져 시간이 점점 늘어납니다. 5분에서 10분으로, 10분에서 30분으로 늘어나고, 글자들이 단어에서 문장으로 바뀝니다.

하루는 86,400초입니다. 그중의 5분은 0.003%로 극히 작은 점 하나에 불과할지도 모릅니다. 하지만 호흡이 멈추고 약 5분이 지나면 뇌사 상태에 빠질 수도 있는 사람을 살릴 수 있는 시간이기도 하죠. 5분이 누군가에게는 쓸모없는 시간이지만 응급환자에게는 생과 사를 가르는 긴박한 시간입니다.

2년이 지난 지금, 지만이는 컴퓨터 활용능력을 넘어 일러스트를 배웁니다. 뭔가 잘하는 것이 있다는 것에 자부심을 느낍니다. 지만이에게 하루 5분은 자기의 틀을 깨고 나오는 생명줄이었습니다.

지금 여러분은 자신만의 하루 5분을 어떻게 사용하시나요?

엄마라고
부르는 순간

내가 그의 이름을 불러주기 전에는

그는 다만 하나의 몸짓에 지나지 않았다

내가 그의 이름을 불러주었을 때

그는 나에게로 와서 꽃이 되었다.

_ 김춘수 시인의 <꽃> 중에서

4학년 세월이에게 엄마라는 단어는 이 세상에 존재하지 않
았습니다. 어쩌면 필요하지 않은, 아니 이 세상에서 사라져버
리면 좋겠다고 간절히 바랐던 단어인지도 모릅니다. 한 번도
보지 못했고 불러보지 않았으며 느껴보지 못한 엄마라는 단어

를 친구들은 너무나 쉽게 잘도 불렀습니다. 그런 친구들이 싫어 세월이는 항상 혼자였습니다.

세월이가 태어나자 엄마는 집을 나갔습니다. 아빠는 사업에 실패하여 이미 술에 의지해 살아가고 있었고, 스스로 아무것도 할 수 없는 갓난아기 세월이는 자기 의지와 상관없이 배턴 터치하듯 친척집에서 또 다른 친척집으로 보내졌습니다. 그러다 배턴이 땅에 떨어졌는데 아무도 줍지 않아 길거리에 덩그러니 혼자 있게 되었습니다. 주위가 어둑어둑해지는데 키 130cm에 몸무게 26kg인 작고 꾀죄죄한 열한 살 세월이는 그냥 그렇게 서 있었습니다. 경찰이 지나가다가 이상하게 여겨 세월이를 경찰서로 데려갔고 저와 연결되었습니다.

아이가 오면 가장 먼저 호칭을 정합니다. 엄마라고 부르는 순간 엄마만큼의 거리가 생기고 이모라고 부르는 순간 이모만큼의 거리로 규정지어지기 때문에 누구라고 부르느냐에 따라 친밀감의 정도가 달라집니다. 세월이에게 나를 누구라고 부르고 싶은지 물었지만 대답하지 않았습니다. 무표정한 얼굴에 까무잡잡한 피부, 멍한 눈동자, 작고 왜소한 체구의 세월이는 앙다문 입술을 깨물며 저의 말과 행동을 관찰하듯 쳐다보고만 있었습니다. 세월이의 눈을 들여다보면 눈동자는 빛을 등지고 돌아앉아 세월이의 마음을 만질 수 없었고, 눈빛은 아득한 외로움으로 반짝였습니다.

때로는 지나친 친절이 독이 된다는 것을 압니다. 그냥 기다리는 것이 답일 때도 있으니까요. 서두르면 오히려 아이와의 관계는 나빠지고 영영 회복 불가능한 상황이 되기도 합니다. 한 번씩 쳐다보며 씨익 웃어주고 밝게 인사를 건네며 안전한 사람임을 각인시켜야 합니다. 아이는 음식의 간을 보듯 저의 말과 행동을 보고 느끼며 가까이 다가갈지 아니면 더 멀리 도망갈지 가늠하기 시작합니다.

그 시간이 생각보다 길지 않았습니다. AI처럼 주어진 알고리즘에 따라 집과 학교를 오고갈 뿐 무엇인가를 느끼고 생각하고 행동하는 일이 없던 세월이는 한 달쯤 지났을 때 달라졌습니다. 현관문이 열리더니 "엄마, 학교 다녀왔습니다"라고 말하며 들어왔습니다. 한 달 동안 얼마나 많이 연습하고 또 연습했을까요? 학교에서 집까지 걸어오는 10분 동안 불러보고 또 불러보며 몸 안의 모든 세포들이 엄마라는 단어에 집중하도록 했을 겁니다.

저는 "그래, 잘 갔다 왔니?" 하고 세월이를 가볍게 안아주었습니다. 그리고 세월이는 세월이 방으로 가고, 저는 제 방으로 들어왔습니다. 눈물이 나서 더 이상 서 있을 수 없었기 때문입니다. 세월이가 엄마라고 부르는 순간, 저는 세월이의 엄마가 되었습니다. 저는 세월이를 배 아파 낳은 엄마는 아닙니다. 11년 동안 보고 느끼고 경험하고 배웠어야 할 것들을 소급해서 가르치고 경험하게 하고 기억 속에 저장하도록 도와야 하는 양육자 엄마입니다.

어버이날입니다. 양주동 작사 이흥렬 작곡의 노래 '어머니의 마음'을 가만히 불러봅니다.

나실 제 괴로움 다 잊으시고 기를 제 밤낮으로 애쓰는 마음
진자리 마른자리 갈아 뉘시며 손발이 다 닳도록 고생하시네
하늘 아래 그 무엇이 넓다 하리오. 어머님의 희생은 가이없어라.

그냥 눈물이 납니다.

우리는 모두 무엇이 되고 싶습니다. 나는 너에게, 너는 나에게, 아이는 엄마에게, 엄마는 아이에게 잊히지 않는 하나의 의미가 되고 싶습니다.

03

아이가 어떻게 되면
책임질 거예요?

아이가 아프면 누가 책임을 질까요? 의사 선생님일까요? 아니면 부모일까요?

자기 의지와 상관없이 이 세상에 내던져진 아이는 생존본능에 따라 위험한 것은 피하고 존재로서의 자기 자리를 만들어 갑니다. 몸에 난 상처를 치유하는 우리 몸의 생존을 향한 치밀한 움직임은 신비에 가깝습니다.

그런데 의사 선생님은 자꾸만 겁을 줍니다. 이 주사를 맞고 저 약을 먹어야 고통에서 빨리 벗어날 수 있다고 말합니다. 약이 체질에 따라 부작용이 있을 수 있는데 그 부작용에 대해서는 이야기하지 않습니다. 0.1%의 부작용 주인공이 내가 될 수도 있다는 사실을 간과하고 우리는 의사 선생님이 처방하는 약에 의존해 병을 치료하고 건강을 회복하려고 합니다.

그런데 여기, 의사 선생님의 처방에 손을 들고 '아니요'를 말하는 엄마가 있습니다.

세 살 소리는 공포에 질린 눈으로 바들바들 떨고 있습니다. 한 명의 간호사는 소리를 움직이지 못하게 꽉 붙잡고 있고 다른 한 명의 간호사는 날카로운 주삿바늘을 들고 소리의 여린 팔을 찌릅니다. 소리는 깜짝 놀라 자지러지게 웁니다. 간호사는 미동도 없이 주삿바늘 끝에서 피가 올라오는지 관찰합니다. 간호사가 찌른 주삿바늘은 혈관을 제대로 찾지 못해 피가 올라오지 않습니다. 소리의 몸은 공포로 혈관을 몸속 깊숙이 숨겨버립니다. 간호사는 숨은 혈관을 찾아 다시 한 번 주삿바늘을 찌릅니다. 이번에도 실패입니다.

소리의 자지러지는 울음소리에 채혈실 문을 박차고 들어간 엄마는 "당장 주삿바늘 빼세요. 입원 취소할 겁니다." 하고는 소리를 번쩍 안았습니다. 소리는 제대로 울지도 못하고 더 깊은 곳으로 숨으려는 듯 자꾸만 엄마의 가슴으로 파고들었습니다.

소리에게 소아과에서 처방한 해열제를 먹였지만 40도를 오르내리는 열이 3일째 떨어지지 않아 아침 일찍 어린이 전문 병원을 찾았습니다. 의사 선생님은 입원하라고 하셨고, 일단 병실이 없으니 링거 주사부터 맞고 병실이 나오는 대로 병실로 올라가라고 했습니다. 평균보다 작은 9kg 세 살 소리의 여린 팔에는 링거 주삿바늘이 꽂히고, 저는 자꾸만 칭얼대는 소리를 힙시트에 앉혀 가슴에 안고 병원 주변을 걷고 또 걸었습니다.

3시간이 지나 병실이 나왔다는 연락이 와서 절차를 마치고 병실에 올라가 막 소리를 내려놓으려는데 간호사가 와서 채혈실로 가서 피를 뽑아야 한다고 했습니다. 왜 피를 뽑느냐고 했더니 혈액에 염증이 있어서 열이 오르는지 확인하기 위함이고, 입원하려면 필수로 하는 검사라고 했습니다. 소리는 체중이 또래보다 적게 나가고 혈관을 찾기가 어려운 아이인데 링거 주사 맞을 때 채혈을 하지 왜 지금 다시 하느냐고 물었습니다. 간호사는 부서가 다르고 병원 시스템이 그래서 어쩔 수 없다고 했습니다.

왜 어린이 전문 병원에서 어린이 중심 시스템이 아닌 일반 병원 시스템을 그대로 적용하느냐, 이것이 무슨 어린이 전문 병원이냐고 따졌지만, 병원 시스템대로 해야 한다는 답변만 돌아왔습니다. 어쩔 수 없이 한 번에 혈관을 찾을 수 있다면 채혈실로 가고 그렇지 않으면 채혈을 거부하겠다고 했습니다.

이에 간호사는 한 번에 혈관을 찾을 수 있다고 자신 있게 말해서 채혈실로 갔는데 그 사달이 났습니다.

2.3kg으로 작게 태어난 소리는 생후 30일쯤 되었을 때 제게 왔습니다. 그런데 '즐거운 집'에서 생활하기 위해서는 건강검진을 해야 한다는 행정절차에 따라 안양에 있는 소아과병원에 갔습니다. 간단한 진료를 마치고 간호사는 소리를 번쩍 안아 채혈실로 데리고 들어갔는데 10분이 넘도록 소리의 숨넘어가는 울음이 계속되었습니다. 더 이상 참지 못한 저는 문을 박차고 들어갔습니다.

소리의 오른쪽 팔은 끈으로 묶여 있고 팔 중앙이 시퍼렇게 멍들어 있는데 간호사는 "다시 한 번만 해볼게요. 아가야 조금만 참아줘." 하더니 바늘을 찌르려고 했습니다. 저는 "잠깐 멈추세요. 지금 뭐 하는 겁니까? 갓난아기 팔이 저 모양인데 거기에 또다시 주삿바늘을 찌른다고요? 하지 마세요. 꼭 채혈을 해야 한다면 대학병원을 가든 어디를 가든 한 번에 채혈을 할 수 있는 곳을 찾아 해올 테니 그만두세요." 하고는 소리를 뺏다시피 안았습니다.

어쩌다 세상에 태어나 이리저리 보내지더니 뾰족하고 날카로운 것이 몸을 찔러댑니다. 혈관은 생존을 위해 몸부림치며 몸 안으로 숨고, 소리에겐 세상은 믿을 수 없는 곳이라는 공포만이 남았습니다. 이후 소리는 6개월이 넘도록 카시트에 앉아 안전벨트를 매지 못했습니다. 자지러지게 우는 아이에게 안전벨트를 맬 수 없어, 가까운 거리는 위험을 감수하고 그냥 다녀야 했습니다. 그런 악몽이 되살아나 입원을 취소하고 집으로 오기로 결정했습니다. 입원을 취소하려면 의사 선생님을 만나야 한다기에 진료실로 갔습니다.

의사 선생님은 대뜸 아이가 어떻게 되면 책임질 거냐고 물었습니다. "그럼 엄마가 아이를 책임지지 누가 아이를 책임지나요?" 되물었지요. 의사 선생님은 어이가 없다는 듯 쳐다보더니 그럼 알아서 하라고 입원을 취소하는 데 동의해주었습니다.

어떤 책도 어떤 의사도 부모의 직관과 세심한 관찰보다 나을 수는 없습니다. 부모만큼 아이를 잘 아는 사람은 없으니까요. 제가 입원을 취소할 수 있었던 것은 예민한 관찰 덕분입니다. 보통 열이 오르면 경기를 하거나, 축 늘어지거나, 설사를 하거나, 토하거나 하는 등 여러 가지 증상을 동반하는데 소리에게는 어떤 증상도 없었습니다. 동네 소아과에서 약을 처방받아 먹였지만 열이 떨어지지 않아 혹여 다른 증상이 동반될까 염려되어 어린이 전문 병원을 찾았던 것입니다.

링거 주사를 맞는 사이 열이 내리겠다는 확신이 들었지만 입원하기로 했으니 하루쯤 입원해서 확실하게 열이 내리면 집으로 가려고 했습니다. 하지만 주삿바늘 찔리는 것에 트라우마가 있는 아이에게 또다시 그런 공포를 주는 것이 옳지 않다는 판단으로 입원을 거부했습니다. 물론 일반적인 경우, 의사 선생님 처방에 따라 입원해서 치료받는 것이 맞지 않을까 싶습니다.

엄마는 날마다 아이의 표정과 행동, 피부색과 대변 상태, 오줌 농도와 색, 식사량과 태도까지 일거수일투족을 관찰하며 아이의 건강을 체크합니다. 어쩌다 아이가 아프면 왜 감기에 걸렸을까? 내가 조금 더 잘 돌보았으면 아프지 않았을 텐데…, 모든 것이 내 잘못으로 아이가 아픈 것 같아 미안하고 안타깝습니다. 하지만 엄마가 뭘 잘못해서 아이가 아픈 것은 아닙니다. 그럼에도 불구하고 아이가 어떻게 되면 엄마는 조금 더 잘해줄 걸, 이렇게 하면 좋았을 걸 하는 후회와 죄책감으로 주홍글씨를 가슴에 품고 살아갑니다.

엄마에게 아이는 곧 자기 자신이기에 그렇습니다.

04

날마다
칼을 만드는 주니

　오늘도 일곱 살 주니는 유치원에서 A4용지로 칼을 만들었습니다. 칼날과 손잡이를 구별하는 가드까지(칼을 사용할 때 손이 미끄러지지 않고 안전하게 사용하도록 도와주는 부분) 제법 모양을 제대로 갖춘 칼입니다.

　자랑스럽게 칼을 들고 언어치료 선생님을 만나러 갔습니다. 선생님을 만나자마자 주니는 자기가 만든 칼에 대하여 설명합니다. 어디서 어떻게 만들었는지, 만드는 과정이 얼마나 힘들었는지 열심히 설명하는데, 선생님의 관심은 저 칼을 지정한 장소에 놓고 수업을 할 수 있을까에 있습니다. 주니가 설명을 모두 마치고 자부심 가득한 얼굴로 환하게 웃자 선생님은 "한

번 만져봐도 되니?"하고는 칼을 가져갑니다. 그리고 이리저리 돌려보며 말합니다. "정말 멋지게 만들었구나. 그런데 우리 수업하는 동안은 한 곳에 놓아두자. 책 읽고 이야기 나누기 하고 가져가면 좋을 것 같다."그러고는 칼을 돌려주지 않습니다.

그때부터 주니의 감정은 널뛰기를 합니다.

"내가 만든 것을 왜 선생님이 가져가요. 남의 거잖아요. 나 선생님 말 안 들을 거예요. 선생님은 남의 것을 함부로 가져가는 나쁜 사람이에요."

선생님은 "그래도 선생님과 수업할 때는 칼을 손에 들고 있을 수는 없어. 앞쪽이 싫으면 뒤쪽에 놓아도 괜찮아"라고 했지만, 이미 감정이 폭발한 주니는 책상을 내리치고 발을 구르고 악을 쓰며 칼을 달라고 합니다. 선생님은 미동도 하지 않고 다시 말합니다.

"아니야, 책을 읽고 이야기 나누는 동안은 이곳에 놓아두어야 해. 아니면 주니가 뒤쪽에 놓고 올래?"

"싫어요. 선생님 나빠요."

주니의 떼쓰는 소리가 밖에서 대기하고 있는 저에게까지 들립니다. 저는 들어가 개입을 해야 하나 말아야 하나 고민합니다.

주니가 언제부터 왜 칼을 만들기 시작했는지 모릅니다. 집에서 '대조영'과 '왕건' 같은 역사 드라마를 함께 보았는데 칼을 휘두르는 장수들 모습이 멋져 보여서가 아닐까 추측할 뿐입니다. 어느 순간부터 디폼블록으로도 칼을 만들고, 색종이로도, 이면지로도 칼을 만들기 시작했습니다. 둘둘 말아 가위로 자르고 테이프로 붙이는데 매일 만드는 칼 모양이 조금씩 다릅니다. 집에서도 만들고, 유치원에서도 만듭니다. 하루에 3~4개씩은 칼을 만들어서 가지고 놀다가 싫증이 나면 버리고 또 다른 모양의 칼을 만듭니다.

칼을 만들 때 주니는 집중의 단계를 넘어 몰입합니다. 조금이라도 방해가 되면 불같이 화를 내서 그대로 두어야 합니다. 토리 헤이든이 쓴 《한 아이》에 나오는 주인공 셸라 같습니다. 셸라는 여섯 살 여자아이로, 어린아이에게 불을 지른 죄로 정신병원에 입원 판결이 내려졌으나 병실이 없어 잠시 쓰레기반이라 불리는 특별반에 오게 됩니다. 아이는 여섯 살 여자아이의 폭력이라고는 상상이 안 되는 행동을 하여 선생님과 주변 사람들을 힘들게 하지만 토리 선생님은 셸라를 포기하지 않고 신뢰 관계를 만들어갑니다.

주니는 셸라만큼 분노 가득한 폭력을 휘두르거나 집요하게 복수하지 않지만 고집부리고 떼쓰는 것은 만만하지 않습니다. 내년이면 초등학교에 입학하는 나이라 한글을 가르치기 시작했는데, 주니는 글자와 눈 마주치기를 거부하고 완강하게 버 팁니다. 입은 자물쇠로 걸어 잠그고 온몸으로 왕고집의 기운 을 내뿜습니다. 그렇다고 포기할 수는 없습니다. 일곱 살이니 적어도 5분 이상 책상에 앉아 그림을 그리거나 책을 보거나 하는 연습을 시작해서 조금씩 늘려가야 합니다. 그래야 1학년 이 되었을 때 수업 시간에 진득하게 앉아 있을 수 있기 때문 입니다.

특단의 조치로 매일 주어진 한글 공부를 해야 간식을 먹고 TV를 볼 수 있도록 규칙을 정했습니다. 주니를 위해 특별히 정한 것이 아니라 오래전부터 형들이 정해서 실행해온 규칙을 주니에게 설명해주었다고 해야 맞을 것 같습니다. 주니는 왜 간식을 못 먹고 TV를 못 보냐고 항의합니다. 우리 집 규칙이 고 매일 정한 분량의 공부를 하면 먹을 수 있다고 했지만 듣지 않습니다. 아무리 악을 쓰고 성질을 부려도 규칙은 변하지 않 을 거라고 이야기하고 언어치료 선생님 방을 나왔습니다.

5분쯤 지나 조용해져서 살펴보니 종이에 무엇인가를 찍찍 그립니다. 한글을 배우기 전 단계로 모양 따라 그리기를 하는 것인데, 모양을 따라 그리는 것이 아니라 종이가 찢어지도록 아 무렇게나 선을 그립니다. 종이는 찢어졌고 찢어진 종이는 여기저기에 나뒹굴었습니다. 선생님은 다시 점선으로 모양이 그려진 종이를 한 장 더 주었습니다. 대충 그리려는 주니의 손을 잡고 따라 그리도록 도와줍니다. 도대체 무엇이 문제인지, 이 사태를 어디서부터 어떻게 풀어가야 할지 몰라 종합심리 검사를 했습니다.

√ 지능 및 인지기능 : 기본지표

지표	지표점수	백분위	신뢰구간 (95%)	진단분류	강(S)/ 약(W)
언어이해 VCI	78	7	72-88	낮음	
시공간 VSI	97	43	89-106	평균	
유동추론 FRI	83	13	77-92	평균하	
작업기억 WMI	69	2	64-80	매우낮음	
처리속도 PSI	89	24	82-99	평균하	
전체 IQ FSIQ	76	6	71-83	낮음	

FSIQ=76으로 '낮음' 수준이다. 최고점과 최하점 차이가 29점으로 1.5SDs(23점) 이상으로 지표 간 차이가 심하다. 이는 인지기능이 불균형하게 발달되고 있음을 시사한다. VSI가 양호하고 그 외 지표는 평균보다 아래다. 특히 VCI, WMI가 뚜렷하게 낮아 언어이해 발달이 미숙하고 주의 집중력 문제가 있음을 시사한다.

검사결과는 100점 만점에 76점으로 지적장애는 아니라고 했습니다. 언어이해력이 낮고 추론이 평균 이하이며, 작업기억은 매우 낮고 처리 속도도 낮아 친구들과의 관계 맺기가 힘들 수 있으며, 학습하는 데 어려움이 많을 것으로 판단된다는 것이 의사 선생님의 소견이었습니다. 어느 부분은 정상이나 어느 부분은 현저하게 낮아 편차가 너무 심한 것이 문제이기는 하지만, 잘 지도하면 중하 정도의 삶을 살 수 있을 거라고 합니다. 일단 집중이 되지 않아 그럴 수 있으니 ADHD 약을 복용하며 언어치료를 병행해보라는 의사 선생님 처방에 따라 1주일에 한 번 언어치료를 하러 아동센터에 가는데, 갈 때마다 선생님과 힘겨운 줄다리기를 합니다.

그와 함께 집에서도 주니와의 관계를 다시 만들어갑니다.

첫째, 함께 정한 규칙은 아무리 떼를 써도 지켜야 놀이를 하거나, 간식을 먹거나, TV를 볼 수 있도록 합니다. 둘째, 떼쓰는 것으로 상황을 주도해서 자기 뜻대로 하려는 경향성을 파악하고 떼쓸 때는 방안의 일정한 장소에 앉아 있도록 하고 아무리 떼를 써도 반응하지 않습니다. 셋째, 주니가 만든 칼은 책상 위에 잘 보관하도록 자리를 만들어주고 학습량을 줄여 쉽고 가볍게 접근하도록 합니다. 넷째, 매일 일정 시간 한글 카드를 보여주고 따라 읽기를 하거나 책에서 같은 글자 찾기를 하며 글자와 눈 맞추는 시간을 늘려갑니다.

1년 정도 반복한 결과, 이제 주니는 30단어 정도는 읽게 되었습니다. 주니는 글자가 만들어지는 원리를 이해해서 읽지 않고, 사진을 찍듯 그림으로 구별해서 읽습니다. 원리를 이해하지 못하고 그림으로 글자를 구별한다 해도 앉아서 집중하는 시간이 늘어나고 하나둘 글자를 구별해내는 능력이 발전하고 있다는 것에 감사할 따름입니다. 저는 가랑비에 옷 젖는다는 말을 참 좋아합니다. 주니에게도 가랑비에 옷 젖듯 언젠가 한글을 깨쳐 스스로 책을 읽을 날이 올 것을 기대합니다.

아주대학교 정신건강의학과 조선미 교수는 설득하지 말고 지시하라고 합니다. 이해가 안 되는 아이에게 구구절절 설명하며 이해시키려고 하면 엄마는 지치고 아이는 무슨 말인지 알아듣지 못하기 때문에, 짧고 단호하게 지시하라고 했습니다. '기아 대책'이 주관한 함께 양육 세미나에서 '우리 아이가 달라졌어요'라는 프로그램으로 잘 알려진 오은영 박사님도 열마디 이하로 단호하게 세 번만 말하라고 하셨습니다. 아이 반응에 따라 내 감정이 동요되지 말고 일관성 있게 옳음과 그름, 되는 것과 안 되는 것을 구별할 수 있게 하라는 것입니다.

혹 주니처럼 강박적으로 무엇인가에 집착하여 엄마의 말을 이해하기보다 자기 생각대로 해석하고 받아들이는 아이가 있다면, 자세하게 설명하며 이해시키려고 하기보다 간결하게 사실만 전달하는 것이, 나와 아이의 관계를 만들어가는 데 도움이 됩니다. 교육과 훈육은 관계가 형성된 후에 이루어질 수 있기 때문입니다.

세상은 급변하고 모두 성공을 향해 달려가는데 내 아이만 뒤처질까봐 마음이 급한 나머지 관계보다 교육과 훈육을 앞세우고 있지는 않습니까?

공부도 잘하고 바르고 착한 아이가 되는 것, 모두 관계 맺음 이후의 일입니다.

05

삶과
죽음 사이

우리는 삶과 죽음 사이를 걷고 있습니다. 삶은 현실이고 죽음은 미래입니다. 미래는 보이지 않기 때문에 삶과 죽음 사이를 걷고 있다는 사실을 의식하지 못하고 분주하게 살아갑니다. 그러다 주변의 가까운 사람이 교통사고로 갑자기 삶 너머의 세상으로 가거나 질병으로 혹은 연로해서 내 곁을 떠나갔을 때 앞 사람을 따라 무작정 뛰던 삶을 잠시 멈추게 됩니다. 누구를 위한 삶을 살았으며 무엇을 위해 나의 시간과 에너지와 열정을 쏟았는가 생각하니 갑자기 삶이 허무해지고 맥이 풀립니다.

저 또한 예외는 아니어서 암 진단을 받기 전까지 참 열심히 살았습니다. 가난한 집안의 둘째 딸로 태어나 하고 싶은 공부를 못한 것이 한이 되어 몸을 아끼지 않고 일하며 아이 둘 낳고 고등학교 졸업 검정고시에 도전하여 합격했습니다. 그리고 방송통신대학교 유아교육과에 진학하여 한 학기를 마쳤는데, 암이라니 믿을 수도 없고 인정하기는 더더욱 싫었습니다. 병약하게 태어나 잔병을 달고 살았던 제가 뒤늦게 공부한다고 했을 때 모든 사람이 반대했으나 저의 황소고집을 꺾지는 못했습니다. 남편은 하고 싶으면 하라고 응원해주었지만, 시간적으로나 경제적으로 여유가 있는 것은 아니었습니다. 낮에는 일하고 밤에는 공부하며 유치원 교사의 꿈을 키워가며 쉴 틈 없이 분주하게 살았습니다.

암 진단을 받기 전까지는 그랬습니다.

서른다섯이 되던 해 여름, 한 달에 한 번 찾아오는 그날의 느낌이 영 이상해서 일을 하다 말고 모자보건소를 찾아 자궁암 검사를 했습니다. 일주일 후 검사결과가 나왔다고 다시 와서 조직검사를 하라고 했는데, 저는 지금 바쁘니까 시간이 나면 가겠다고 했습니다. 그때까지 제 몸이 어떻게 무너지는지도 모르고 오직 일해서 돈을 벌고 모으는 데 모든 에너지를 집중했습니다. 수화기 너머의 간호사는 "무슨 말씀을 하시는 거예요. 검사결과가 안 좋으니까 빨리 큰 병원으로 가서 조직검사를 하시라고요, 그래도 못 알아들으시겠어요"라며 버럭 소리를 질렀습니다. 심각한 결과가 나와서 조심스럽게 전화를 했는데, 말뜻을 못 알아들으니 답답했을 겁니다. 그때서야 상황을 인지한 저는 헐레벌떡 모자보건소로 달려가 결과지를 받아 들고 안성의료원으로 가서 조직검사를 했습니다.

검사결과가 나오던 날은 8월 장마로 마치 앞으로 저에게 닥칠 어려움을 예고라도 하는 것처럼 장대비가 한 치 앞도 분별할 수 없게 내렸습니다. 결과는 악성이고, 빨리 대학병원에 가서 수술해야 한다는 것이었습니다. 저의 뇌는 기능을 상실하고 손발은 마비되었습니다. 무엇을 어떻게 해야 할지 몰라 멍하니 앉아 있다가 "어머니, 정신 차리세요." 하는 의사 선생님 말씀에 제정신이 돌아왔습니다. "저 어떻게 해요? 아는 곳도 없고, 방법도 모르고, 저 어떻게 해요?" 마치 어린아이처럼 울며 보채는 저를 바라보던 의사 선생님은 편지를 써주며 서울대학 병원 이** 교수님을 찾아가라고 했습니다.

화가 났습니다. 다른 사람에게 피해 주지 않고 학교에서 배운 대로 근검절약하며 열심히 살았는데 왜 저에게 악성 종양이 생겼는지 이해할 수 없었습니다. 억울한 마음에 왜 하필이면 제가 암에 걸려야 하는지 따졌습니다. 신에게도, 의사 선생님에게도. 울고 또 울며 따지다 살려달라고 사정하고 그러다 지쳐 잠이 들고를 반복했습니다.

제가 죽을 수도 있다는 사실에 대한 공포보다 아직은 손이 많이 필요한 열 살 네 살 아이들이 엄마 없이 살 수도 있겠구나 싶은 두려움에 울었습니다. 그런다고 해결되는 것은 아무것도 없었습니다. 이 모든 것은 제가 오롯이 감당해야 하는 저의 삶이었습니다. 저는 약해서 무너졌지만, 엄마는 아이들을 위해 살아야 한다고 마음을 다잡았습니다. 교통사고로 아무 준비 없이 죽음을 맞이하는 사람도 있는데 준비할 시간이 있으니 다행이라고 스스로를 위로하며 수술을 하기 위한 준비를 했습니다. 김치도 넉넉히 담가놓고, 큰아이 담임선생님께도 알려 혹 준비물을 챙기지 못하더라도 양해를 부탁한다고 말씀드리고 도시락 싸들고 운동회에도 갔습니다.

수술은 무사히 끝났고 항암치료는 없었으며, 5년 동안 재발하지 않으면 수명대로 살 수 있지만 3개월에 한 번씩 검사를 해야 한다고 했습니다. 전신마취를 하고 4시간 동안 수술실에서 감각 없이 누워 있다 나온 후에야 비로소 죽음이 제 삶의 일부임을 가슴으로 느꼈습니다. 수술 후 3일이 지나 운동하지 않으면 장이 유착되어 다시 수술해야 한다고 등 떠미는 간호사에 이끌려 반강제로 병원 주차장에 내려왔을 때, 볼을 스치는 바람이 어찌나 부드럽고 달콤하던지 눈물이 났습니다. 그런 바람을 느끼지 못하고 살아온 지난 시간이 너무나 슬프게 다가왔습니다. 병원을 향해 종종걸음으로 줄지어 걷는 사람들도 수술 이전의 저와 같이 치열하게 삶을 살아내느라 이런 달콤한 바람을 느끼지 못하는 것 같아 안타까웠습니다.

날마다 지금처럼 살지 않을 거라고, 이제는 다르게 살고 싶다고 연애편지를 쓰듯 엽서에 써서 남편에게 보냈습니다. 그리고 건강하게 산다면 엄마의 돌봄을 받지 못하는 아이를 키우겠다고 생각했습니다. 그 생각은 발병 후 7년째 되던 해 병원 정기검진을 받으러 가는 고속버스 안에서 현실이 되었습니다. 수양부모 협회의 박영숙 회장님이 라디오 프로그램 〈여성시대〉에 나와 수양부모에 대하여 소개하는 이야기를 듣고 저는 수양부모가 되기 위한 실행에 바로 들어갔습니다. 교육을 받고 여섯 살 여자아이를 위탁해 키우기 시작한 것이, 제가 DNA가 다른 아이들과의 동거가 시작된 지점입니다. 그렇게 시작된 돌봄을 받지 못하는 아이들과의 동거는 22년째 계속되고 있습니다.

저는 여전히 삶과 죽음 사이를 걷고 있습니다. 출발점은 아득히 멀어졌고, 도착지점은 점점 가까워지고 있습니다. 하루

하루가 허투루 보낼 수 없는 시간입니다. 그렇다고 특별히 삶에 집착하여 그동안의 수고를 보상하듯 여행을 즐기고 취미생활로 시간을 채워 넣지 않습니다. 저에게는 아직 엄마의 사랑이 고픈 아이들이 있으니까요. 엄마의 손맛을 기억하고 사회에 나가 당당하게 살아가기를 바라는 마음으로 아침 여섯시면 어김없이 아이들의 아침을 준비합니다.

오늘도 시계의 초침은 일정한 속도로 달리고, 우리는 삶과 죽음 사이를 걷고 있습니다.

06

한 아이로
지켜봐주세요

한 인간을 존재 자체로 인정하고 존중하기가 쉽지 않습니다. 인간이기 때문에 그렇습니다. 누구나가 인정하고 존중하는 사람이라면 자연스럽게 존재로 인정하고 존중하지만, 사회적으로 지탄받거나 무시할 만큼 부족하고 모자라는 사람이라면 이야기가 달라집니다.

새해가 되고 학년이 올라가면 교실이 바뀌고 담임선생님도 달라지며, 같은 학년이지만 인사를 건네지 않았던 모르는 친구를 만나게 됩니다. 담임선생님은 분주하게 반 아이들의 성향과 성격 그리고 학습 능력을 파악하기 위해 눈을 번뜩이며 관찰합니다. 특별히 4월이면 학부모들과의 상담이 있고 어떤 아이가 돌발 사고를 칠까 걱정되어 더욱 예민해집니다.

사실 35명의 아이들을 한 달 만에 파악한다는 것은 무리입니다. 학생기록부를 훑어보고 특이사항이 있는 아이들을 중심으로 수업을 하는 동안에도 한 명 한 명의 아이들을 꼼꼼히 지켜보며 기억 한편에 기록합니다. 그래도 조용하고 말이 없으며 선생님 눈에 띄는 행동을 하지 않는 아이들은 선생님 시야에서 벗어나기도 합니다. 그런 아이들은 무난하게 학교생활을 할 수 있으니 크게 걱정할 일은 아닙니다.

문제는 가정에서 제대로 돌봄을 받지 못해 제멋대로 말하고 행동하며 다른 아이들에게 피해를 주는 아이입니다. 콕 집어 어떤 가정의 아이라고 말할 수는 없지만 한부모 가정이나 조부모 가정, 또는 사회복지시설에서 성장하는 아이들이 1차 의심 아이들로 지목됩니다. 그래서 상담주간이 되면 상담신청을 하고 학교를 방문합니다.

초등학교의 경우, 집 근처에 있어 같은 학교에 2~3명이 함께 다니기 때문에 시간이 겹치지 않게 신청하고 잊지 않기 위해 휴대폰 캘린더에 기록해놓습니다. 학교에 가면 담임선생님을 만나기 전에 운동장에서 아이들을 먼저 만나기도 합니다. 오늘은 미니를 만났습니다. 아이들은 보이는 그대로 반응해서

"미니야, 할머니 오셨어." 합니다. 미니는 "할머니 아니야, 우리 엄마야." 하며 "엄마 그렇죠?" 하고 동의를 구합니다. 엄마는 가볍게 안아주면서 "그래 할머니 아니야. 미니 엄마야." 하고는 웃어넘깁니다.

선생님도 마찬가지입니다. 초등학교에 아이를 보낼 만한 젊은 엄마가 아닌 할머니 급 엄마와 마주하는 것이 부담됩니다. 저는 이미 생활기록부를 통해 알고 있는 사실을 숨길 필요도 없고 숨긴다고 해서 될 일도 아니라서 미니가 '즐거운 집'에서 생활하고 있다고 말합니다. 그리고 어떤 가치관과 비전을 가지고 미니를 양육하고 있는지 설명합니다. 또한 마지막으로 한 가지 부탁하는 것을 잊지 않습니다.

"선생님, 우리 미니를 한 아이로 바라봐주세요. 즐거운 집에서 생활하는 불쌍한 아이라 생각하고 더 잘해주려고 하실 필요도 없고, 어떤 문제가 있을 거라는 선입관을 가지고 바라보지 않으시면 좋겠습니다. 여느 아이들과 다를 바 없는 한 아이일 뿐입니다."

이렇게 말하면 어떤 선생님은 안 그래도 어떻게 대해야 하나 고민이 많았는데 고맙다고 하시고, 교육관이 뚜렷한 선생님은 당연히 그래야 한다고 하시며 그렇게 하겠다고 합니다.

저는 아이들에게도 학교에 가서 기죽지 말라고 합니다. 무슨 일이 있어도 엄마는 너희들 편이고 혹 너희들이 잘못한 일이 있어도 너희 편 할 거니까 걱정하지 말고 무슨 일 있으면 언제라도 얘기하라고 단단히 일러둡니다. 아이들은 그런 엄마가 굉장히 힘이 세고 자기를 안전하게 지켜줄 수 있을 것 같아 안심합니다.

일반적으로 사람은 처음 만났을 때 7~30초 사이에 첫인상이 결정되고 첫인상은 선입관으로 작용해 그 사람을 판단하는 기준이 되기도 합니다. 그런데 7~30초 사이에 알 수 있는 것은 눈에 보이는 외모이고 인사를 나누었을 때의 말투와 태도와 눈빛이 전부가 아닐까 싶습니다.

그래서 제가 주말에 가장 신경 쓰는 것은 아이들을 씻기고 이발하고 손톱 발톱 정리해주는 일입니다. 일단 눈에 보이는 것이 외모이기에 단정하고 잘생긴 아이가 잘못했을 때와 꾀죄죄하고 못생긴 아이가 잘못했을 때 느껴지는 정서는 분명 다릅니다. 잘생기고 단정한 아이는 어쩌다 실수했다고 생각하지만, 못생기고 꾀죄죄한 아이의 잘못은 실수가 아닌 습관이자 버릇으로 느껴져 벌의 강도가 달라집니다.

아이는 완벽한 하나의 존재입니다. 그렇듯 하나의 존재로서 인정받고 존중받지 못하면 다른 사람을 존중하거나 인정하지 못하는 어른이 됩니다. 그런데 아이를 존재 자체로 인정하기 위해서는 먼저 어른인 내가 나를 인정하고 존중하며 사랑해야 합니다. 그렇지 않으면 무의식적으로 나의 감정과 경험을 아이에게 투사할 수도 있으니까요. 처음부터 잘되는 사람은 없고 완벽한 사람도 없습니다. 운동선수가 끊임없이 몸을 단련하여 프로가 되기까지 쉬지 않는 것처럼, 내가 나를 알아가는 일에서도 프로가 되어야 합니다. 그리고 조금 부족하고 모자라 보여도 내가 나를 인정하고 존중하고 사랑해야 합니다. 그때에야 비로소 한 아이를 존재로 인정하고 존중하게 됩니다.

지금은 우리가 나 스스로를 인정하고 존중하는지 돌아볼 시간입니다.

07

도벽이
병일까?

지우는 여섯 살 여자아이입니다. 속옷에 고름이 묻어날 정도로 아토피가 심해서 어린아이의 보드라운 피부를 찾아볼 수가 없습니다. 그런 지우도 앞니가 하나 빠진 이를 드러내며 해맑게 웃을 때는 귀엽고 사랑스럽습니다. 흔히 첫째 자녀에게 무한 사랑을 쏟아붓듯이 DNA가 다른 아이로 첫 번째로 만난 지우에게 저는 남다른 사랑을 쏟았습니다.

경부암 수술 후 7년째 되던 해 정기검진을 하러 서울대학병원을 향해 가던 고속버스 안에서 수양부모에 관한 이야기를 듣고 교육을 받은 후 정릉까지 가서 만난 아이입니다. 지우는 세 자매 중 맏언니로 작은 체구와는 다르게 다부진 구석이 있습니다. 처음 만났을 때 세 살 동생을 업고 있었는데, 금방이라도 넘어질 것 같아 불안한 마음으로 지켜보았지만 지우는 불편한 기색 하나 없이 동생을 업고 왔다 갔다 했습니다. 세 자매가 뿔뿔이 흩어져 다른 집으로 보내진다는 것을 아는 지우가 동생과 헤어지기 싫다고 비틀거리며 동생을 업고 있었던 것입니다.

담당 선생님은 지우를 불러 다시 한 번 이야기하고 저를 소개하자 곁눈으로 힐끗 쳐다보고는 동생이랑 같이 가겠다고 울었습니다. 네 살 동생은 다른 위탁가정으로 가고 세 살 동생은 입양을 보내기로 한 것은 순전히 어른들의 결정이었습니다. 지우는 자신과 한마디 상의도 없이 어른들 마음대로 결정해서 동생들과 헤어져야 하는 것이 화가 납니다. 가지 않겠다고 울고 떼쓰며 주저앉아보지만 소용이 없었습니다.

지우는 세 살 동생을 내려놓고 처음 만난 낯선 아줌마를 따라 지하철을 타고 다시 버스를 타며 어딘지도 모르는 곳을 향해 갔습니다. 이제 아는 사람도 없고 길도 모르니 두렵고 무섭습니다. 낯선 아줌마가 그나마 유일하게 아는 사람이라 놓치지 않으려고 손을 꼭 잡고 따라왔습니다. 저는 지우에게 사탕을 하나 건넸습니다. 달콤한 맛이 지우의 떨린 가슴을 진정시키며, 그래도 낯선 아줌마가 착한 아줌마라는 생각에 안도합니다.

시골의 전원주택은 지우에게는 천국입니다. 동생과 떨어지기 싫어 울고불고했던 기억은 아스라이 멀어지고 모든 것이 신기하기만 합니다. 마당에서 뛰어놀다 만나는 나비, 방아깨비, 메뚜기, 지렁이, 개미 등 지우를 놀라게 하는 것들이 너무나 많습니다. 며칠 지나서 4학년 언니를 따라 병설 유치원에 다니도록 해주고 피아노 학원에도 보냈습니다. 아이답게 거침없이 뛰고, 올라가고, 내달리며 살다 보니 아토피로 찌든 피부가 깨끗해지기 시작합니다. 지우는 가렵지 않고 보드라운 자기 피부가 신기한지 자꾸만 만져봅니다.

모든 것이 좋았습니다.

저는 밝고 귀여운 지우를 바라보며 행복하고, 저를 동생도 못 낳는 바보라며 '나도 동생이 있었으면 좋겠다'고 했던 4학년 언니는 소원대로 동생이 생겨서 행복하고, 지우는 마음껏 뛰어놀고 맛있는 것을 먹을 수 있어 행복합니다. 그렇듯 시간은 순식간에 흘렀는데, 몇 개월 지속되던 행복은 그리 오래가지 않았습니다. 어느 날 4학년 언니가 학교에서 돌아와 가방을 팽개치며 말하더군요. "내가 창피해서 학교에 못 다니겠어요. 지우가 무슨 짓을 한 줄 아세요. 문방구에서 쫄쫄이를 사다

4학년 오빠들에게 주고 돈도 나누어 주고 그랬어요. 돈이 어디서 났는지 모르겠고 자기 친구들하고 놀지 않고 3~4학년 오빠들을 따라다녀요."

저는 너무 놀라 지우의 유치원 가방을 열어보았습니다. 동전 몇 개, 천 원짜리 지폐 두 장, 오천 원짜리 지폐 한 장이 있었습니다. 이 돈이 왜 지우 가방에 있는지 물었지만 지우는 입술을 앙다물고 말이 없었습니다. 저는 회초리를 가져와 지우의 종아리를 때리겠다고 했습니다. 그래도 눈 하나 꿈쩍하지 않는 지우의 종아리를 아프게 때려주었습니다. 그때야 지우는 학교 선생님 가방에서 가져왔다고 실토했습니다. 남의 물건을 만지고 몰래 가져오면 절대로 안 된다고 단단히 가르치고 종아리를 아프게 때려주었으니 다시는 남의 돈을 훔치지 않으리라 믿었습니다. 하지만 그 믿음은 저만의 믿음이었습니다. 다음 날 외출했다 돌아온 저는 가방을 거실 한구석에 던져놓고 방에 들어가 옷을 갈아입고 나오다 놀라 멈춰 섰습니다. 지우가 저의 지갑에서 돈을 꺼내는 순간, 저와 눈이 마주친 것입니다. 그때 지우도 많이 놀랐지요.

지우는 저의 지갑에 손댄 것뿐만 아니라 옆집 구멍가게 주인집 아들, 일곱 살 오빠를 꼬드겨 금고에서 돈을 가져오게 하고 유치원 선생님 가방에서 돈을 훔치는 등 그런 일이 한두 번이 아니었습니다. 저는 회초리로 종아리를 때려서 될 일이 아님을 파악하고 모든 가능한 환경을 차단하기 위해 주변의 협조를 구했습니다. 저도 가방을 지우 눈에 띄지 않는 높은 곳에 넣어두고 선생님께도 가방을 캐비닛에 넣고 잠가놓으면 좋겠다는 부탁을 했습니다. 옆집 구멍가게에는 금고를 항상 잠가놓거나 자리를 비우지 않기를 부탁하며 간곡히 도움을 요청했습니다.

도벽은 참 무섭습니다. 본인 의지와 상관없이 물건을 훔치는 경지까지 가면 도벽은 정신건강 장애로 간주되며 충동조절 장애로 분류됩니다. 지우는 그 단계로 넘어가기 전에 발견되어 저와 선생님과 동네 어른들이 함께 유기적으로 협조해서 서서히 치유되었습니다. 지갑이 든 가방은 지우 눈에 뜨이지 않는 곳에 보관하고 금고를 잠그도록 부탁함과 동시에 지우가 혼자 있어 외롭지 않도록 했습니다. 몇 개월의 시간이 지나자 아토피가 서서히 사라지듯 다른 사람 지갑에 손을 대던 습관도 사라지고 지우는 이제 노는 재미에 빠졌습니다.

한 아이를 키우는 것은 그 아이를 둘러싼 환경을 만들어가는 모든 사람들이 함께해야 하는 일입니다. 내 아이만 잘 키운다고 우리 가족이 행복하게 살 수 있는 세상이 아닙니다. 잘못 성장한 한 아이가 몸도 마음도 건강하게 성장한 불특정 다수를 해칠 수도 있으니까요. 한 아이가 건강하게 자라고, 안전하게 놀 수 있으며, 적극적으로 배울 수 있는 환경을 만들기 위해서는 열린 지역사회의 적극적인 지원이 필요합니다.

혹시 내 아이만 잘 키우면 된다는 생각으로 돌봄을 받지 못하는 아이들을 비난하고 정죄하며 접근금지 명령을 내리고 있지는 않습니까? 모든 아이가 몸과 마음이 건강하게 성장할 때 내 아이가 행복하게 살 수 있습니다. 분노를 품에 안고 성장한 한 아이가 불특정 다수를 해칠 수도 있고, 그 불특정 다수 안에 내 아이가 포함될 수도 있기 때문입니다.

돌봄을 받지 못하는 이웃 아이에게 따뜻한 사랑의 눈빛을 나누어야 하는 이유입니다.

08

시가 50만 원 킹크랩을 먹던 날

세상에서 누군가 나를 100% 믿어주고 기다려주는 사람이 있다는 것은 축복입니다. 나에게 그런 사람이 있는 것도 축복이지만 내가 그런 사람이 되어준다는 것은 인생의 의미와 가치가 있는 복 있는 삶이 아닐까 싶습니다. 그런 뜻에서 저에게 삶의 의미와 가치를 찾아 복 있는 삶을 살게 해준 한 아이가 있습니다.

네 살 때 가정위탁으로 만난 형제는 그런 저를 누구보다 잘 압니다. 여덟 살에 원 가족 복귀를 준비하라는 말에 고아원에서 성장하여 가정을 모르는 아빠에게 돌려보내지 않기 위해 방법을 찾다 공동생활가정에서는 형제가 성인이 될 때까지 양육할 수 있다는 사실을 알았습니다. 이후 대학원에서 아동가족복지를 전공하고 '사회복지사' 자격증을 취득한 후 '즐거운 집' 공동생활가정을 개소했습니다. 그 사실을 아는 형제는 저를 평생의 은인이자 존경하는 사람 1호라고 합니다.

형제는 가난하게 사는 것이 싫었습니다. 부자로 살고 싶고, 저에게 좋은 차를 사주고 싶고, 자기처럼 돌봄이 필요한 아이들을 돕고 싶었습니다. 그래서 일찌감치 대학진학은 포기하고 취업을 위해 **공고 전기과에 진학해 도제를 신청했습니다. 도제는 일과 학업을 병행하는 '산학협력 프로그램'으로 산학일체형 도제학교라고 하는데, 독일과 스위스에서 발전한 도제교육을 2014년에 우리 현실에 맞게 수정하여 도입한 제도입니다.

도제는 학생들이 직접 기업에서 일하며, 학교에서 배운 이론을 실제 업무에 적용하고, 기업의 실무 경험을 바탕으로 보다 현실적이고 직무 지향적인 교육을 제공하는 제도입니다. 기업에서는 성실하고 유능한 인재를 발굴하는 계기가 되고, 학생들에게는 실질적이고 유익한 직무를 수행하는 능력을 키워주는 장점을 가지고 있습니다. 학교와 기업이 협력하여 학생들이 고등학교 2학년 때부터 한 달에 2주 동안은 학교에서 공부하고, 2주 동안은 회사에 가서 일하며 실습비를 받는 형태로 학습이 이루어집니다.

형제는 도제 제도에 대한 설명회에 참석하여 진지하게 듣더니 망설임 없이 도제 반에 들어갔습니다. 물론 형제만 원해서 가능한 일이 아닙니다. 부모님이 동의서에 서명해야 하고 집과 회사의 거리가 멀면 주말에 회사에 데려다주거나 대중교통을 이용해 정해진 시간에 회사에 갈 수 있도록 적극적으로 협조해야 합니다. 저는 형제의 선택을 존중하고 응원했는데 담임선생님은 근심이 가득합니다. 학교에 가면 친구들과 어울리지 않고 도서관에서 책만 보거나 책상 위에 엎드려 있던 형제가 과연 회사에 가서 사람들과의 관계를 잘 만들어가고 맡겨진 일을 수행할 수 있을지 의심스럽기 때문입니다.

형제는 적극적으로 응원하는 저와 반신반의하는 담임선생님을 뒤로하고 열일곱 살에 사회에 첫발을 내디뎠습니다. 저 또한 열일곱 살에 독립해 좌충우돌하며 살아냈으니 형제도 잘 살아내리라 굳게 믿었습니다. 역시 선생님의 의심은 기우였고 저의 믿음은 틀리지 않았습니다. 형제는 2년 동안 실습을 잘 마치고 졸업하자마자 그 회사에 정사원으로 취업했습니다.

첫 월급을 받으면 엄마 먹고 싶은 것 사드리고 싶다던 형제,

첫 월급을 받았다고 뭘 드시고 싶으냐고 자꾸만 물었습니다. 저는 말만으로도 고맙다고 했으나 꼭 사드려야 하는 이유가 있다고 메뉴를 고르라는 말에 할 수 없이 "육식보다는 해산물이 더 좋기는 한데…" 하고는 말끝을 흐렸습니다. 해물탕, 굴비정식, 갈치조림, 생선정식, 회덮밥 등이 떠오르지만 머릿속이 복잡합니다. 쥐꼬리만 한 첫 월급인데 점심 값이 너무 많이 나가면 안 될 것 같아 망설입니다. 결정장애를 가진 사람처럼 망설이는 엄마에게 "알았어요. 그럼 제가 고를게요." 하고 형제는 전화를 끊었습니다.

예약해놓았다고 수원으로 오라고 해서 그냥 가볍게 점심을 먹고 올 생각으로 형제를 만나러 갔습니다. 함께 간 곳은 킹크랩 요리 전문점이었습니다. 저는 킹크랩을 먹어보지 않아 값이 얼마나 하는지, 맛은 어떤지 모릅니다. 형제는 주방장과 함께 가서 랍스타를 고르고 저는 방으로 안내되었습니다. 생전 처음 보는 랍스타 요리가 눈앞에 있습니다. 시가 50만 원이라고 합니다. 186만 원 첫 월급을 받아 점심 한 끼 값으로 50만 원을 지출합니다. 제 배짱으로는 도저히 불가능한 일입니다.

저는 '이놈의 자식, 돈 무서운 줄 모르나?' 하는 마음을 감추고 그냥 웃으며 한 끼 밥값으로 이 많은 돈을 써도 되느냐고 물었습니다. 웃음 속에는 눈물이 숨어 있습니다. 형제는 "사랑하는 우리 어머니께 꼭 한번 좋은 식사 대접해드리고 싶었습니다. 지금 아니면 언제 대접하겠습니까. 돈은 벌면 되는 거니까 걱정 마시고 맛있게 드세요." 합니다.

　잘 자라준 형제가 감사 그 자체이고 기쁨이자 보람이기에 밥을 먹지 않아도 배가 부를 것 같았습니다. 형제는 어머니가 자기를 키워주지 않았다면 어떻게 되었을까 생각하면 소름이 돋는다고, 어머니께는 무엇을 해드려도 아깝지 않다고 합니다. 형제가 살아갈 의미와 가치를 깨닫게 하고 언제나 응원해주며 용기를 주는 어머니는 세상에 둘도 없는 단 한 사람으로 존경하고 사랑한다는 말에 급기야 눈물을 보이고 말았습니다.

　시기만 다를 뿐 우리는 언젠가 혼자가 됩니다. 그때 '혼자가 아닌 나'의 노랫말에 나오는 가사처럼 '비가 와도 모진 바람 불어도 다시 비추는 햇살처럼' 누군가의 가슴에 따뜻한 햇살이 되어 살아갈 힘과 용기를 주는 단 한 사람이 있다는 것은 축복입니다.

　당신이 누군가에게 단 한 사람이 된다는 것은 우주를 품은 축복 그 자체입니다.

내가 나하고
노는 시간

인간은 놀고, 먹고, 자고, 일하고를 반복하며 살아갑니다. 아이들은 놀면서 배우고 어른들은 노는 것에서 쉼을 얻고 에너지를 충전합니다. 우리 삶에서 노는 것이 그만큼 중요한 일인데 어떻게 노느냐는 사람마다 각기 다릅니다. 김정운 교수는 《노는 만큼 성공한다》에서 잘 노는 아이들이 창의력도 높다고 주장하며 아이들이 잘 놀 수 있도록 해야 한다고 강조합니다. 그렇다면 어떻게 노는 것이 잘 노는 것일까요?

어떤 아이는 혼자 노는 것을 무척 싫어합니다. 친구나 엄마가 함께 놀아주어야 노는 것이라고 생각하고 혼자 있으면 무엇을 어떻게 해야 할지 몰라 심심하다고 엄마를 따라다니며 보챕니다. 바구니 가득 장난감이 있고 책장에 책이 넘쳐나도 그것은 누군가와 함께 놀 때 필요한 도구일 뿐입니다.

　혼자 노는 것이 싫다고 말하는 영우에게 어떻게 하면 혼자 노는 즐거움을 알게 해줄까 고민하던 저는 말을 바꾸어주었습니다. 혼자 노는 것이 아니고 내가 나하고 노는 시간이니까 네가 너하고 재미있게 놀아주라고 했습니다. 듣고 보니 혼자 노는 시간이라고 했을 때는 왠지 외롭고, 쓸쓸하고, 심심해서 따분하게 노는 것처럼 느껴지던 시간이, 내가 나하고 노는 시간이라고 말을 바꾸니까 꼭 누군가와 함께 노는 시간 같았습니다.

　그렇게 시작한 내가 나하고 노는 시간이 20분에서 점점 늘어나 주말에는 오전과 오후에 한 시간씩 내가 나하고 놀기도 합니다. 보통은 내가 좋아하는 장난감을 가지고 놀거나 종이접기를 하는 등 주로 놀잇감을 가지고 노는데 지난 주말에는 모두가 책을 들고 거실 탁자로 모였습니다. 강요한 것도 아니고 약속한 것도 아닙니다. 하늘이가 책을 들고 앉으니 하나둘 모이기 시작하더니 네 명이 머리를 맞대고 앉아 책을 읽는데 여섯 살 아랑이는 아직 글씨를 읽지 못해 그림만 봅니다. 마치 도서관에 온 것 같습니다. 저는 내가 나하고 노는 시간이라고 아이들을 각기 분리하고 혼자 노는 방법을 찾아가도록 한 지난 1년의 시간이 헛되지 않았다는 것에 감동하며 바라보고 있었습니다.

5분만 있으면 몸이 근질거리는 초등학교 저학년 영우가 과연 몇 분이나 버틸까 궁금해졌습니다. 열 살 하늘이는 요즈음 WHY 책에 빠져 있습니다. 1학년 영우도 형에게 지고 싶지 않아 책을 읽습니다. 영우가 "한 시간 되려면 얼마나 남았어요?"라고 물어서 시계를 보니 50분이 지났습니다. 저도 아이들과 함께 책을 읽다 보니 시간이 순식간에 지나가버렸습니다. 저는 한껏 칭찬을 해주고 달콤한 아이스크림으로 보상해주었습니다. 저의 칭찬에 하늘이와 영우는 엄지손가락을 치켜들고 '우리 엄마 최고'라고 추켜세우며 재잘거립니다.

어려서 나하고 노는 시간이 없었던 아이들은 성인이 되어도 나하고 놀 줄 모릅니다.

어제는 '통합 교육 반'에서 수업을 받는 지적 장애아를 둔 엄마들을 대상으로 학부모 연수가 있었습니다. 지적장애 아이가 있는 엄마들의 일상은 보통의 엄마들보다 훨씬 힘이 듭니다. 한두 번 말해서 될 일도 열 번 스무 번, 아니 그 이상 말해도 아이는 기억하지 못하고 어리바리할 때가 많으니까요. 영우는 종합심리검사에서 100점 만점에 55점을 받아 지적장애 중증으로 판정되어 이해를 해야 수업이 가능한 수학과 과학 시간에는 '통합 교육 반'에서 공부합니다.

안성시에 있는 학교에서 통합교육을 받는 아이들 엄마 대상으로 학부모 연수를 하는데 가보시면 좋겠다는 '통합 교육 반' 선생님의 권유로 몽실학교에 갔습니다. 열다섯 명 엄마들이 모여 있으나 모두가 통합반 아이를 둔 엄마들이라 서로가 조심스러워 먼저 말을 꺼내지 못하고 있었습니다. 선생님은 엄마들 마음을 너무나 잘 알기에 오늘은 누구의 엄마나 아내가 아닌, 오롯이 나로 쉼을 얻는 시간이 되기를 바란다고 말문을 열었습니다.

첫 번째 질문으로 나만의 공간이 있는지 물었습니다. 골방이 있다는 사람도 있고 베란다가 나만의 공간이라거나 주방 또는 화장실이 내 공간이라는 사람이 있었습니다. 그곳에서 무엇을 하는지 물었을 때 차를 마시거나 책을 보거나 멍 때리거나 한다는 말에 선생님 자신은 차를 몰고 아무도 없는 곳에 가서 펑펑 운다고 했습니다. 목이 쉴 때까지 울고 나면 시원해진다고 한번 해보라고 권하며 오월의 장미꽃 같은 웃음으로 엄마들 마음을 녹여주었습니다.

엄마는 울고 싶을 때 마음대로 울 수도 없습니다. 비단 장애가 있는 아이를 키우는 엄마들만의 이야기는 아닙니다. 육아를 경험한 엄마라면 모두 그렇습니다. 하루 종일 동당거리며 치우고 또 치워도 티가 나지 않는 가사 일에, 아이를 잘 가르쳐 보겠다고 정보를 찾아 쫓아다녀보지만 우리 아이만 뒤떨어진 것 같아 불안합니다. 나는 없고 엄마와 아내로 살아가는 시간입니다. 그 시간이 길면 길수록 나를 찾기가 어렵습니다.

저는 30대 중반에 암 수술을 하고 호르몬 변화가 급격하게 오면서 심한 우울증이 찾아왔습니다. 3일을 계속해서 울었고 그 순간 죽으면 딱 행복할 것 같아 길을 건너며 차 사고가 나기를 바랐습니다. 이를 안타깝게 여긴 지인이 저를 노래방에 데리고 갔습니다. 처음으로 가본 노래방에서 기억 속에 파묻어버린 음들이 살아나 움직이기 시작했습니다. 생각해보니 음악을 좋아했던 저는, 삶의 치열한 전투에서 자기 자리를 찾지 못한 또 하나의 저를 만났습니다.

눈물과 함께 툭 튀어나온 또 하나의 저는 왜 나를 방치했느냐고 탓하지 않았습니다. 그럴 수 있는 거라고 토닥이며 이제 한 번씩 자기를 돌아보며 함께 잘살아보자고 했습니다. 그냥 슬퍼서 3일을 계속 울었던 제가 이번에는 저를 잃어버리고 살아온 지난 시간이 슬퍼서 더 큰 소리로 울었습니다.

결혼한 여자는 남편과 아이들을 위해 공간과 시간과 에너지를 내어주고 나면 나만을 위해 사용할 것들이 남아 있지 않습니다. 저도 그랬으니까요. 그럼에도 불구하고 남은 조각들을 긁어모아서라도 내가 나하고 노는 시간과 장소를 만들어야 합니다. 그래야 며느리와 딸로, 엄마와 아내로서의 삶이 아닌 내가 나로 살아갈 이유가 살아 움직입니다. 살아갈 이유가 살아 움직이니 우울증의 늪에서 자연스럽게 빠져나올 수 있습니다.

엄마도 사람이고 힘들고 지칠 때가 있습니다. 그때 내가 나를 토닥토닥 위로하며 쉼을 얻고 재충전할 수 있는, 내가 나하고 노는 시간과 공간이 필요합니다. 그곳이 차 안이거나 화장실이거나 베란다라도 상관없습니다. 그곳에 내 이름을 붙여놓고 나만의 공간으로 줄을 그으면 나만의 공간이 됩니다.

지금 당장 어디에라도 내 공간임을 표시하는 줄을 긋고 이름을 붙여보는 것은 어떨까요?

10

생후 6일 동안
무슨 일이 일어났을까?

아기가 태어나서 6일 동안 어떤 일이 일어날까요? 기다림의 끝에 태어나 축복 속에 행복한 시간을 맞이한 아기도 있고, 아기를 집어삼킬 기회를 찾는 저승사자의 위협에 위험천만하게 놓여 있는 아기도 있습니다. 생후 6일 만에 저승사자의 위협을 간신히 피해 저에게 온 아기가 있습니다.

함박눈이 펑펑 내려 온 세상을 평화로 덮어버리고 도로를 마비시킨 1월의 어느 날 새벽, 아기는 작은 이불에 싸여 제 앞에 나타났습니다. 배꼽도 떨어지지 않았고, 눈도 뜨지 않았으며, 출생신고도 되지 않은 아기는 지금 자기에게 무슨 일이 일어나고 있는지 모른 채 쌔근쌔근 잠들어 있었습니다. 아기 옆에는 바닥이 들여다보이는 500ml 분유통과 기저귀 2장, 아기 수첩과 함께 죄인처럼 두 손을 앞으로 다소곳이 모으고 고개를 푹 숙인 한 청년과 도움을 요청하는 애절한 얼굴로 저를 쳐다보는 학생으로 보이는 여성이 있었습니다.

당신이라면 어떻게 하시겠습니까?

1주일 후면 1년 동안 준비한 사회복지사 1급 시험을 보는 날입니다. 아기를 받아들이면 갓난아기를 키운 경험이 오래되었으니 모든 것이 새로워 분주해질 것이 분명하고 사회복지사 1급은 물 건너갈지도 모릅니다. 그럼에도 불구하고 아기를 살려야 했습니다. 저는 순간의 망설임도 없이 사회복지사 1급 자격증이 아닌 아기를 선택했습니다. 바가지로 바닷물을 퍼내는 것 같은 작고 작은 일이라 해도, 나는 돌봄을 받지 못하는 한 아이를 위해 살겠다고 결심했던 초심을 잃지 않기 위한 선택이었습니다.

일단 방으로 들어가서 이야기하자고 했습니다. 자초지종을 들어보니 그 새벽 위험을 무릅쓰고 눈길을 달려 아기를 데리고 온 청년은 고등학교를 중퇴하고 학교 밖으로 나온 학생이고, 옆에 있던 여학생은 아르바이트를 같이 하는 친구라 했습니다. 아기 엄마는 고등학교 3학년으로 부모님 몰래 국민 행복

카드를 발급받아 병원에서 아기를 낳았는데, 여기저기 알아보았지만 아기를 보낼 곳이 없었다고 합니다. 너무 답답하여 함께 아르바이트하는 여학생에게 이야기했는데, 형제가 다섯이나 되는 이 여학생은 아이가 어떻게 될 것 같은 불안감에 앞뒤 생각하지 않고 아기를 안고 자기 집으로 갔습니다.

가난해서 아르바이트를 통해 학비와 용돈을 마련하여 학교에 다니고 있었던 여학생 집에서는 비상이 걸렸습니다. 당장 분유와 기저귀를 살 돈도 없는데 어쩌자고 모르는 아기를 데려왔냐고 야단을 쳤지만 뾰족한 방법이 없었습니다. 여학생의 엄마는 언니에게 전화를 해서 상황을 이야기하고 도움을 청했습니다. 언니는 한 달 전 35년 만에 새롭게 생긴 초등학교 동창 밴드를 통해 연락처를 알게 된 저에게 한밤중에 전화를 해서 도와달라고 했습니다.

대상자가 학생이면 선입소하고 후에 서류 절차를 밟을 수 있지만 학생이 아니면 서류를 통한 절차가 먼저라고 했는데, 친구는 대상자를 아기를 낳은 학생으로 알아듣고 학생들이 아기를 낳았으니 그냥 먼저 가면 된다고 전달했다고 합니다(지금은 몇 번의 상담을 거쳐 행정기관의 승인이 있어야 가능함). 그래서 그곳에 가면 도움을 받을 수 있다는 생각에 그 새벽 빙판길을 달려온 것이었죠.

아기 아빠가 기어들어가는 목소리로 '도와주세요' 하는데 큰 키의 건장한 청년의 목소리라고는 믿기지 않습니다. 아기보다 아빠의 불안을 진정시켜야 했습니다. "옛날에는 열서너 살에도 시집가고 장가가서 아기를 낳았는데 지금은 법이라는 것이 미성년자로 분류하여 미성년자가 아기를 낳으면 죄인 취급하고 있다. 지금도 어떤 나라에서는 그 나이에 결혼하고 아기 낳는 것이 당당한 일이기도 하니 너무 기죽지 말라"고 했습니다. 오히려 아기를 살리기 위해 빙판길을 달려 이곳까지 와준 것이 고맙고 기특하다고 칭찬해주었습니다. 우리나라에서 미성년자가 아기를 낳아 키운다는 것은 너무나 어려운 일이고, 지금은 공부해야 하는 시기이니 아기는 걱정하지 말고 열심히 공부해서 다른 사람을 도우며 살았으면 좋겠다고 안심시켰습니다. 그제야 아빠는 한숨을 쉬며 저를 쳐다보았습니다. 훤칠한 키에 잘생긴 얼굴이 부잣집 귀공자 같습니다.

　출생신고를 하지 않으면 아이는 실체는 있으나 존재는 없는 생명이 됩니다. 날이 밝고 공무원들이 출근하는 시간을 기다려 상황을 알렸습니다. 담당 공무원도 한 아이의 엄마로 아기를 살리는 데 의견을 같이했습니다. 문제는 미성년자가 아기를 낳으면 부모 동의가 있어야 출생신고가 가능하다는 것인데, 남자는 아기를 낳았다는 증거가 없기 때문에 아기를 낳은 엄마가 출생신고를 해야 한다는 것이었습니다. 부모님께 절대 알릴 수 없다고 완강하게 거부하는 남학생을 설득하는 것도 어려운데 아기를 낳은 엄마를 만나는 것은 불가능에 가까워 보였습니다.

출생신고가 되지 않으면 아무것도 도와줄 수 없으니 출생신고는 해주어야 도움을 줄 수 있다고 설득하고 또 설득하여 간신히 그렇게 하겠다는 대답을 받았습니다. 그리고 아기 아빠와 같이 온 여학생은 돌아갔습니다. 그다음은 저의 몫입니다. 당장 아기가 먹을 분유와 기저귀, 그리고 목욕시킬 아기욕조, 짓무르지 않도록 발라주는 가루분까지 준비해야 할 것이 한두 가지가 아니었습니다.

무엇보다 출생신고가 되어야 그다음 행정 절차를 진행할 수 있는 저는 조급하기만 한데, 아기 아빠는 일단 아기를 맡겼으니 서두를 이유가 없다는 듯 느긋하기만 했습니다. 아기가 태어난 지방의 담당 공무원은 아기의 할머니와 아기 엄마가 함께 오고 병원에서 출생증명서를 가지고 오지 않으면 출생신고가 불가하다고 선언하여, 할 수 없이 아빠 주소를 저희 집으로 옮겨 제가 있는 지역 공무원들과 유기적으로 협조하기로 했습니다.

여기까지 올 교통비가 없다는 아빠에게 교통비를 보내주고 아기 할머니의 전화번호를 겨우 받아 조심스럽게 전화를 드렸습니다. 할머니는 내 잘못이라고 할 뿐 말이 없습니다. 그리고 다음 날 내려와 아기를 보고는 한없이 눈물만 흘렸습니다. 어린 아빠를 향한 원망과 한탄은 이미 집에서 끝내고 왔는지도 모릅니다.

다음은 엄마 차례입니다. 엄마는 출생신고 절차에 대한 설명을 듣고 순순히 내려왔습니다. 바비인형같이 예쁜 엄마는 예의를 갖추어 인사를 하고 가만히 고개를 숙였습니다. 와줘서 고맙다고 따뜻하게 안아주고 면사무소에 가서 출생신고 절차를 진행하는데 이름을 뭐라 할 거냐고 물었더니 '하늘이'라고 하겠다고 합니다. 하늘처럼 높고 깊고 푸르게 성장하여 세상을 비추는 사람이 되라는 의미를 담은 태명이라 했습니다.

그렇게 하늘이는 존재가 되었습니다.

아기가 태어나면 출생신고를 하는 것은 당연한 일이고, 그것이 복잡하고 어려운 일이라고 생각하지 않았습니다. 그런데 국적이라는 단어를 떠올리면 상황은 달라집니다. 국적취득을 하기 위해서는 특정한 조건을 충족시켜야 하고 일련의 과정을 거쳐 심의에 통과해야 합니다. 출생신고는 국적을 취득하는 일이고, 국적이 없으면 그 나라 국민으로서의 권리와 혜택을 누릴 수 없습니다. 누군가에게는 별것 아닌 일이 어떤 사람에게는 바늘구멍을 뚫는 것만큼이나 힘들고 어려운 일입니다.

하늘이는 생후 6일 동안의 일을 기억하지 못합니다. 그러나 무의식에 새겨진 불안은 열 살이 된 지금도 남아 있어 제가 꼭 자기를 버려두고 가버릴 것 같은 두려움과 공포를 느낍니다. 학교에서 돌아와 제가 집에 없으면 전화를 해서 어디 갔느냐고, 왜 말하지 않고 갔냐고 화를 내며 웁니다. 울음 끝에는 '엄마 사랑합니다'로 마무리하며 끊임없이 엄마의 사랑을 확인합니다. 물리적으로 해결할 수 없는 무의식에 새겨진 하늘이의 불안은 언제쯤 해소될지 모릅니다. 그때까지 무한반복해서 어떤 일이 있어도 자신을 버리지 않는다는 것을 확인시켜주어야 합니다. 이렇게 아무것도 모를 것 같은 갓난아기도 몸으로 경험한 것을 무의식에 기록하고, 그렇게 축적된 무의식이 아이의 삶을 지배합니다.

잉태된 순간부터 한 인간으로 인정하고 존중하며 사랑해야 하는 이유입니다.

11

잠에서 깨어난 아이가
일어서지 못한다면?

만약 아침에 잠에서 깨어난 아이가 일어서지 못한다면 엄마는 어떻게 해야 할까요?

아마도 심장은 조여들고 열은 머리로 치솟으며 온갖 불길한 예감이 온몸을 휘감아 정신이 몽롱해질 겁니다. 병원 문을 열려면 아직 멀었고, 피를 흘리는 위급한 상황은 아니니 응급실로 가기에는 뭔가 부족한 것 같습니다. 안절부절못하고 불안에 떨다 무엇이라도 해야 할 것 같아 다리에 힘을 주고 일어나 보라고 아이만 다그치다 부둥켜안고 아이도 울고 엄마도 울어버릴지도 모릅니다.

제가 딱 그랬습니다.

감기로 열이 오르내리던 미니가 아침에 잠에서 깨어나 일어서지 못하고 주저앉았습니다. 몇 번 다리에 힘을 주고 일어나 보라고 일으켜세우다 미니도 울고 저도 울었습니다. 그때부터 저는 제정신이 아니었습니다. 전날 갔던 소아과에 가서 의료급여의뢰서를 발급받아 눈물로 흐려진 시야를 손등으로 훔치며 어떻게 대학병원까지 갔는지 기억에 없습니다. 그렇게 찾아간 대학병원에서 어처구니없게도 진료를 거부당했습니다. 의료급여환자는 2차 병원에서 의료급여의뢰서를 발급받아 와야 하고 진료를 받고 싶으면 의료보험 적용이 안 되는 일반진료를 해야 한다는 것입니다.

일단 미니가 왜 갑자기 걷지 못하는지, 앞으로 걸을 수는 있는 것인지 확인하는 것이 급해서 일반으로 진료하고, 입원해서 더 검사해보자고 하는 것을 혈액검사 결과에 따라 입원하겠다고 하고 집으로 왔습니다. 미니가 걸을 수 있을지 없을지 모르는 상황에서 미니뿐만 아니라 다른 의료보호를 받는 아이들이 동일한 어려움을 겪을 수 있다는 생각에 국민신문고에 의료급여환자에 대한 의료보호체계 개선을 제안했습니다.

지금 다시 읽어보니 상당히 순화시켜 제안 내용을 썼던 것 같습니다. 목적이 분풀이가 아닌 의료보호체계 개선에 있었으니, 관계자들을 자극하지 않고 차별행위와 치료받을 권리에 대한 주장을 통해 의료보호체계가 개선되도록 노력한 것입니다.

　2019년 4월 29일에 제가 제안한 내용이 〈의료 급여법 시행규칙〉 일부 개정령이 공포되면서 바로 적용되어, 2019년 7월 1일부터 15세 이하 아동과 장애인의 의료급여 절차가 완화되었습니다. 불과 두 달 만에 〈의료 급여법 시행규칙〉이 일부 개정되어 시행된 것은 매우 빠른 일이라 할 수 있습니다. 문제는 3년이 지난 2022년 4월 1일에 결과에 대한 안내가 메일로 왔다는 사실입니다. 제안을 해놓고 미니가 건강을 회복하여 다시 걷게 되자 잊어버리고 있었는데, 만약 중간에 또 그런 일이 있었다면 시행규칙이 개정된 것도 모르고 똑같은 절차를 밟았을 겁니다.

　지금도 법이 바뀐 줄 모르고 오래전 관습을 되풀이하며 2차 병원에서 의료급여의뢰서를 받아오라고 하는 3차 병원이 있을지도 모릅니다. 그러면 안내문을 제시하고 여기 이렇게 시행규칙이 개정되었다고, 당당하게 말해야 합니다.

　우리는 코로나 상황을 경험하면서 당연한 것이 당연하지 않을 수 있음을 경험했습니다. 많은 사람이 당연하다고 생각하는 행동이 반드시 당연한 것은 아닙니다. 누군가에게는 차별이 되고 불이익이 되며 불편을 줄 수 있습니다. 저를 비롯한 소시민들은 불편하고 부당한 것들에 대하여 당당히 소리를 내어 알려야 합니다. 한 사람 한 사람이 모여 큰목소리를 낸다면 어떻게든 해결해주지 않을까요?

나와 내 가족만을 위해서가 아닌 우리 모두를 위해 진정한 용기가 필요한 시간입니다.

여기, 의료보호체계 개선 제안 내용 원문 그대로를 올립니다.

√ 현황 및 문제점

여섯 살 막내가 독감에 걸려 며칠 동안 열이 오르고 아팠습니다. 그런데 어제 아침에 일어나더니 걷지 못하고 다리가 아프다고 합니다. 독감 때문에 병원에 가는 길에 아이 상태를 이야기했더니 의사 선생님이 진료의뢰서를 써주며 큰 병원에 가서 검사를 해보라고 합니다.

독감치료를 받는 아이 중에 다리부터 마비가 와서 머리까지 마비 증상이 오는 경우가 있다는 보고가 올라온다는 이야기를 하며, 바로 좋아질 수도 있지만 아닐 수도 있으니까 검사를 해보는 것이 좋을 것 같다고 해서 안성에서 가까운 대학병원으로 갔습니다. 그런데 진료의뢰서를 가지고는 의료보험 적용이 안 되니 2차 병원에서 의료급여의뢰서를 발급받아 오라고 합니다.

아이가 아파서 걷지 못하고 대학병원에 가서 순서 기다리는 것도 오래 걸리는데 아픈 아이 데리고 왔다 갔다 할 수 없어, 그냥 진료하고 서류 가져와서 돌려받겠다고 했더니 어제 오후 5시까지 오라고 합니다.

어쨌든 아이 진료가 먼저라 일반으로 처리해서 100% 본인부담으로 진료했습니다. 피검사와 소변 검사 그리고 수액 맞는 것으로 결정하고 그렇게 진행하는데도 하루가 걸렸습니다.

결국 5시까지 서류를 가져가지 못했고 진료비는 고스란히 내는 것으로 마무리하고, 금요일 오후 1시 50분 예약이 되어 있어 오늘 안성에 있는 병원 급 진료기관에 갔더니 의원에서 의료급여의뢰서를 발급받아 오라고 합니다. 평소 다니던 소아과의원에 가서 의료급여의뢰서를 발급해달라고 했더니 누가 이런 제도를 만들었는지 민원을 넣어서라도 바로잡아야 한다고 하십니다. 일반인들은 진료의뢰서 하나만 가지면 1차 의료기관에서 바로 3차 의료기관으로 갈 수 있고 2차 의료기관은 의뢰서 없이도 가는데, 의료보호환자는 반드시 1차 2차 3차 단계를 밟아야 하고 그때 의료급여의뢰서를 가지고 가야 의료보험적용을 받을 수 있다고 합니다. 2차 병원에서는 1~2년 전부터 어느 날 갑자기 공문도 없이 생긴 일 같다고, 대소서 직원도 아닌데 한 번도 진료하지 않은 아이의 의료급여의뢰서를 발급해달라고 할 때는 황당하다고 합니다.

우리 아이들이 위급한 상황이 되어 바로 3차 의료기관으로 갈 경우 의료보험 적용을 받지 못하고 위급한 상황에서도 1차 2차 3차 의료기관의 수순을 밟아야 한다는 결론이 나옵니다. 이런 불합리하고 차별적인 의료체계가 어떻게 만들어지게 되었는지 모르겠습니다. 의료보호환자의 경우 1차 병원에서 진료를 하고 치료가 어려운 경우 의료급여의뢰서를 발급받아 2차 병원에 가야 하고 2차 병원에서 치료가 어려운 경우 똑같이 의료급여의뢰서를 발급받아 3차 병원에 가야 합니다. 일반 건강보험 환자의 경우 1차 병원이나 2차 병원은 그냥 가서 진료할 수 있고 3차 병원에 갈 때만 진료의뢰서를 가지고 가면 됩니다.

응급 의료보호환자가 1차 병원에서 큰 병원으로 가라는 말을 듣고 급한 마음에 진료의뢰서만 가지고 3차 병원을 가게 되면 의료보험 적용이 안 되고, 2차 병원에 들러서 의료급여의뢰서를 발급받아 오라고 합니다. 만약 100% 본인부담으로 진료받고 환급받으려면 그날 오후 5시까지 지역의 2차 병원에서 의료급여의뢰서를 발급받아 제출해야 합니다.

일반인은 물론 1차 병원 의사 선생님들도 정확하게 언제부터 이런 제도가 적용되었는지 알지도 못하고, 한 번도 보지 않은 환자의 의료급여의뢰서를 발급해달라고 오는 보호자들로 인한 어려움을 호소하고 있습니다.

이것은 분명 차별행위이고 건강권을 침해하는 행위입니다. 의료보호환자나 일반 건강보험 환자나 동등하게 치료받을 권리가 있고 또 그래야 한다고 봅니다.

✓ 개선방안

의료보호환자도 일반 건강보험 환자와 동등하게 1~2차 병원을 선택해서 갈 수 있도록 하고, 3차 병원을 이용할 때도 진료의뢰서를 가지고 가면 의료보험 적용이 될 수 있도록 개선되어야 합니다.

✓ 기대효과

1. 의료보호환자들이 위급한 상황에서 100% 자부담으로 진료를 받아야 하는 상황으로 인하여 다시 2차 진료기관을 찾는 사이 환자 상태가 더 나빠지고 치료시간이 지연되면서 발생할 수 있는 피해를 예방할 수 있습니다.

2. 의료보호환자 상태가 위급하여 100% 자부담으로 치료하는 경우, 의료보호를 받을 수밖에 없는 어려운 경제적인 상황을 악화시키는 일을 예방할 수 있습니다.

12

말 한마디

'말 한마디가 천 냥 빚을 갚는다'는 속담부터, 말에 대하여 경고하는 속담이나 격언이 참 많습니다. 그럼에도 불구하고 우리는 너무나 쉽게 말을 하고 그 말을 주워 담지 못해 쩔쩔맬 때가 있습니다.

6학년 때 만난 하루는 뽀얀 피부에 편안한 얼굴로 주변에 여자 친구들이 많고, 여자 친구들과 노는 것이 재미있다고 합니다. 중학교에 진학해서도 여자 친구를 새로 사귀었다고 자랑스럽게 이야기하는데 짧게는 한 달, 길게는 몇 개월까지 1년을 넘기지 못하고 여자 친구가 바뀌었습니다. 남자 친구들은 그런 하루를 부러운 눈으로 바라보고 하루는 자랑스럽게 여자 친구와 뭘 했는지 이야기하며 으스댔습니다.

그날도 남자 친구들과 장난치다 여자 친구와 그거(성관계) 했다고 거짓말을 했습니다. 남자 친구들의 부러움을 사기 위해서 한 말인데 순간 아차 싶어 '구라야' 하며 수습하려고 했지만 이미 그 말은 친구들 사이에 일파만파로 퍼져버렸습니다. 급기야 하루를 좋아하던 여자아이들이 떼로 몰려가 하루의 여자 친구를 발로 차고 주먹으로 때리며 사실이냐고 다그쳤습니다. 여자 친구는 사실이 아니라고 했지만 믿지 않고 폭력은 계속되었습니다.

그 사실을 알게 된 여자 친구의 엄마는 학교 폭력으로 경찰에 신고했고, 하루는 경찰 조사를 받고 학교에서는 선도위원회가 열렸습니다. 아무리 장난으로 한 말이라고 해도 그 말 때문에 집단폭력이 일어난 것은 사실이기 때문에 처벌을 받을 수밖에 없다고 했습니다. 여자 친구의 엄마는 용서할 수 없다고 강력한 처벌을 요구했고 사건은 검찰로 넘어갔습니다. 다행히 검찰에서 재조사를 하라고 평택 가정법원으로 되돌려 보냈습니다.

가정법원에서 현재 양육자인 저를 참고인으로 조사해야 한다고 하루와 함께 오라는 통보가 왔습니다. 무슨 말을 물어볼까? 나는 뭐라고 답변해야 하나. 머리가 복잡하고 어지러웠지만 분명한 것은 하루가 잘못했다 해도 저는 하루 편이어야 한다는 사실이었습니다. 아이들과 그렇게 약속했기 때문에 끝까지 하루 편에 서서 변호하고 싸워야 하는데 한 번도 가보지 않은 법원에서 당당하게 하루를 변호할 수 있을지 두려웠습니다.

하루와 저는 각기 다른 조사관 앞으로 불려가 조사를 받았습니다. 저는 하루가 얼마나 동생들과 잘 놀아주는지, 약속한 것은 지키고 거짓말을 하지 않으며 저를 얼마나 잘 도와주는지 이야기했습니다. 꼬치꼬치 캐묻는 조사관에게 일관되게 하루의 착함을 언급하며 선처를 부탁하다 갑자기 배를 칼로 도려내는 통증에 배를 움켜잡고 화장실로 뛰어갔습니다. 문을 잠그고 변기에 앉아 화장실 문고리를 잡고 구슬땀을 비 오듯 흘렸습니다.

처음 겪는 일이라 무엇이 어떻게 잘못되었는지 알 수 없는데 온몸에서는 굵은 땀방울이 한여름 소낙비같이 쏟아졌습니다. 순식간에 일어난 일이라 어금니를 꽉 깨물고 통증이 사그라들기를 기다리는 것 외에 달리 방법이 없었습니다. 얼마나 시간이 지났을까, 하루가 전화를 해서 어디 있냐고 했을 때에야 정신이 들었습니다. 화장실에 있는데 아파서 그러니까 조금 기다리라고 하고도 10분을 더 진정시킨 후에야 겨우 밖으로 나왔습니다.

　참고인 조사는 저의 예상치 못한 통증으로 마무리되고 하루와 함께 법원을 나올 수 있었는데, 어떻게 한 시간 정도 운전해서 집에 가느냐는 또 다른 문제가 눈앞에 있었습니다. 이대로 운전하는 것은 너무 위험할 것 같아 하루는 대중교통을 이용해 집에 가라고 하고 저는 차 안에서 조금 더 진정시킨 후에 가기로 했습니다. 운전석에 앉아 핸들을 붙잡고 몸 상태가 가라앉기를 기다렸습니다. 도무지 진정될 것 같지 않은 여진은 계속되는데, 버스를 타러 갔던 하루가 되돌아와서 버스가 오지 않는다고 저와 같이 가겠다고 합니다. 집에 가야 한다는 생각에 시동을 걸었는데 어떻게 집에 왔는지도 모릅니다.

　그리고 하루와 저는 일상으로 돌아왔습니다. 다행히 하루가 의도하지 않은 일이고, 처음 있는 일인 데다 여자 친구의 부모가 용서해줌으로써 봉사 20시간으로 사건은 마무리되었습니다.

　'즐거운 집'에는 화장실 문 안쪽에 '말 한마디'라는 글이 걸려 있습니다.

✓ 말 한마디
- 부주의한 말 한마디가 싸움의 불씨 되고 잔인한 말 한마디가 삶

을 파괴합니다.

- 쓰디쓴 말 한마디가 증오의 씨를 뿌리고 무례한 말 한마디가 사랑의 불을 끕니다.
- 은혜로운 말 한마디가 길을 평탄케 하고 즐거운 말 한마디가 하루를 빛나게 합니다.
- 때 맞는 말 한마디가 긴장을 풀어주고 사랑의 말 한마디가 축복을 줍니다.

오늘 나는 어떤 말을 사용할 것인가?

그리고 나는 오늘 하루 어떤 말을 가장 많이 사용했는가?

볼일을 볼 때마다 무의식적으로 눈앞에 있는 말 한마디를 뼛속에 새기라는 의도였는데 하루는 이것을 글자로만 읽고 의미를 새기지 않았나 봅니다. 혹독한 경험을 하고 나서야 화장실 문 안쪽의 글이 의미한 것을 알 것 같습니다.

감정이 상하면 폭풍처럼 아무 말이나 쏟아놓고 돌아서서 나는 다 잊었다고, 뒤끝이 없다고 말하는 사람이 있습니다. 당신의 뒤끝 없음은 자기 합리화를 위한 방어기제일 뿐, 멋있거나 자랑할 만한 성품이 아닙니다. 상대방은 당신이 한 말이 비수가 되어 심장을 관통해서 피를 흘리며 아파하고 있을 테니까요. 당신이 던진 말 한마디에 누군가는 깊은 상처를 받아 죽음

을 생각할 수도 있습니다. 말 한마디가 사람을 죽이기도 하고
살리기도 합니다.

당신은 오늘 하루 어떤 말을 가장 많이 사용했습니까?

13

떼쓰는 것도
의사표현일까?

맞습니다. 의사표현입니다.

달리 의사표현 방법을 배우지 못한 아이가 몸으로 말하고 있는 겁니다. 아이의 잘못은 아닙니다. 아이가 울고 떼를 써야 반응했던 주 양육자의 잘못이 아닐까 싶습니다. 말을 알아듣지 못하고 할 줄도 모르는 아이는 떼를 써야 관심을 받을 수 있었기 때문에 떼를 써야 관심을 받는다는 알고리즘이 뇌에 새겨졌으니, 알고리즘에 따른 의사표현일 뿐입니다.

아이가 처음부터 떼쓰는 것으로 의사표현을 한 것은 아닐 겁니다. 떼를 써야 달려오는 엄마를 경험하면서 이것이 강화되어 습관으로 자리 잡으면서 엄마의 관심을 끌어내는 가장 쉬운 방법이 된 것입니다. 처음에는 조금만 떼를 써도 달려오던 엄마는, 하지만 점점 지치고 힘들어 어느 정도까지는 무관심해집니다. 아이는 자라면서 힘과 고집이 세지고 엄마는 지쳐가면서 떼쓰기 강도는 점점 세져 60.0m/s(2003년 발생한 매미의 순간최대풍속)의 강풍으로 엄마에게 휘몰아칩니다.

그렇게 떼쓰는 것으로 의사표현을 하는 우람이가 저에게 왔습니다.

일곱 살에 만난 우람이는 몸은 일곱 살이나 말하고 행동하는 것은 세 살입니다. 그렇다고 지적장애가 있는 것은 아닙니다. 세 살에 경험하고 배워야 할 것들을 배우고 경험하지 못해 지금 배워가는 중입니다. 가장 큰 어려움은 모든 말을 떼쓰는 것으로 한다는 것입니다. 제가 보기에 별것도 아닌 일을 트집 잡아 떼를 씁니다. 아침에 유치원에 가기 위해 옷을 입으라고 하면 입고 싶은 옷이 없다고 떼를 씁니다. 어제 입었던 옷이고, 밤사이 빨아 건조기에 말렸으니 입어도 된다고 해도 그 말은 귀에 들리지 않나 봅니다.

누가 자기 장난감을 만졌다고 떼쓰고, 풀을 달라고 했는데 저녁 준비하고 있는 엄마가 즉각 풀을 주지 않았다고 떼를 쓰며 고래고래 소리를 지릅니다. 모두가 엄마 때문이라고 합니다. 내년에는 1학년에 입학해 공부해야 할 텐데 걱정이 앞서고 마음이 급해집니다. 한글 카드를 보여주며 그림으로 한글을 기억하도록 매일 반복합니다. 열 장이 넘어가고 한 번 더 반복하면 우람이의 인상은 찌그러지고 불만 가득한 목소리로 톤을 높여 속사포처럼 쏘아댑니다. 왜 많이 하냐, 왜 또 하냐, 하기 싫은데 왜 자꾸 하라고 하냐는 말을 반복하며 짜증을 냅니다. "한글을 모르면 책을 읽을 수 없기 때문에 바보가 되거든. 엄마는 우람이가 바보가 되는 것이 싫어서 한글을 가르쳐주려고 하는 것"이라고 아무리 설명을 해도 듣지 않습니다.

이런 경우 아이의 요구에 따라 양을 줄여주거나 반복하지 않으면 아이에게는 떼쓰면 이루어진다는 등호가 성립되고 '떼쓰기=이루어짐'은 불변의 법칙으로 각인됩니다. 구구절절 설명한다고 해도 아이에게는 들리지 않습니다. 그 순간 듣는 귀는 마비되고 자기 느낌만 살아 활개를 치는 것 같습니다.

오은영 의원 소아클리닉 오은영 원장님도 설명하지 말고 단호하게 열 마디 이하로 말하고, 두 번 이상 반복하지 말라고 합니다. 아주대 병원 전문의학과 교실 조선미 교수님도 설명하지 말고 지시하라고 합니다. 모든 것을 떼쓰는 것으로 의사표현하는 아이에게는 설명이 귀에 들리지 않으니 짧고 단호하게 지시하라는 이야기입니다.

저는 의사도 아니고 상담을 전문적으로 공부한 사람도 아닙니다. 하지만 그렇게 해야 한다는 것을 압니다. 22년 동안 제 아이들을 포함해 20명의 아이들을 양육하며 다양한 상황을 만나 무엇이 문제인가 생각하며 치열하게 해결방법을 찾다 보니 얻은 나름의 지혜입니다. 오은영 박사님이나 조선미 교수님의 말씀을 들으며 저의 해결방법이 틀리지 않았음을 확인할 수 있어서 다행이라는 생각이 들었습니다. 저의 방법이 잘못되었다면 그동안 제가 양육하고 가르쳤던 아이들이 잘못된 인지구조를 가지고 사회에 나갔을 테니까요.

우람이가 현장학습 가는 하늘이의 도시락을 싸느라 뒤늦게 아침을 먹는 저에게 다가와 하늘이 형 도시락 챙기느라고 밥을 늦게 먹느냐고 묻습니다. '응'이라고 대답하자 배고프겠다고 합니다. 떼를 쓰며 성질을 부리던 우람이의 또 다른 모습입니다. 그 마음과 표정이 어찌나 예쁘던지 그동안에 쌓인 감정이 단숨에 풀리는 것 같았습니다.

설득의 심리학이 통하지 않는 아이가 있습니다.

그런 아이를 설득하려고 하면 엄마는 지치고 아이는 엄마 말을 안 듣는 못된 아이가 됩니다. 엄마의 말을 아직 이해하지 못해서 그렇습니다. 아이가 알아들을 수 있도록 열 마디 이하로 단호하게 두세 번만 반복하고, 아무리 떼를 써도 설명하려고 하지 말고 지시해야 합니다.

힘들고 어렵습니다. 언제부터 왜 그런 습관이 자리 잡았는지 정확하게 알 수 없고, 언제쯤 말로 의사표현을 할 수 있을지 정해진 기한도 없습니다. 그냥 이쯤에서 포기하고 싶어집니다. 그렇다고 정말 포기해버리면 안 됩니다. 엄마는 아이의 마지막 보루니까요.

우람이는 오늘도 떼를 쓰는 것으로 말을 합니다. 몸으로 말하는 횟수와 강도가 줄어들고 있으나 아직은 완전히 말로 의사표현하는 것이 체질화되지 않았습니다.

지금은 단호함과 견딤과 기다림이 필요한 시간입니다.

14

절차

모든 일에는 절차가 있습니다. 절차대로 일을 처리하는 것이 가장 좋기는 하겠지만, 때로는 몰라서 잘못된 절차에 따라 일이 진행되는 경우도 있습니다. 갓난아기 때 만나 8년을 키운 누리의 입양과정이 그랬습니다. 누리가 1학년에 입학해 한 학기를 마무리할 즈음, 몇 년 동안 연락이 되지 않던 친엄마로부터 카카오톡이 왔습니다.

누리 친엄마에게 온 카카오톡 원문입니다.

안녕하세요, 누리 잘 지내나요? 두 분도 잘 계시죠? 제가 한 일이 부끄러운 줄 알아 찾아뵙는 것과 연락하는 것이 쉽지 않았습니다. 죄송합니다. 아이에게 나서는 것도 자신이 없었어요. 백일 때 마지막으로 찾아간 뒤로 저는 계속되는 남자의 폭력과 흉기협박에 바람피우는 일까지 목격하면서 더 이상 견딜 수도, 만남이 계속될 수도 없었어요. 헤어지고 제 자신을 회복하는 데 오래 걸렸습니다.

누굴 탓하는 것도 아니고 할 수도 없어요. 핑계도 아닌 제가 힘들었던 과정을 어느 누구에게 얘기해본 적 없고, 부모님도 모르는 사실이라 어느 누구에게도 꺼낼 수 없어 답답하고 괴로운 시간을 보냈습니다. 아이를 생각하면 그때 괴로웠던 나날들이 생각나서 저도 모르게 아이에게 관심 갖는 것이 쉽지 않았던 것 같아요. 두 분께 항상 고맙고 죄송하고, 누리에게도 너무 미안합니다.

낳기만 하고 해준 것이 없어 괴롭습니다. 염치없이 갑자기 연락해서 죄송합니다. 다만 부탁드리고 싶은 것이 있어서요. 너무 부끄럽고 죄송스럽고, 뭐라 표현할 수 없어 죄송합니다. 죄송스럽단 말밖에 나오지 않아요. 두 분께 누리의 '친양자 입양' 등록을 부탁드려도 될까요?

이런 부탁 하는 것이 너무 죄송스럽고, 제 자신이 너무 밉고 원망스럽습니다. 부모님이 이 일을 모르셔서 알게 될까 두렵습니다. 제가 지은 죄로 부모님도 괴롭게 될까, 너무 죄송합니다. 두 분께 엎드려 사죄해도 부족한 것을 알아요. 옳지 못한 행동 해놓고 나도 살겠다고 은인이신 두 분께 또 부탁드리고 바라는 제 자신이 밉고 원망스럽습니다. 마음에 안정이 생기면 *정이랑 꼭 찾아뵙고 싶습니다. 저도 제 행동이 부끄러운 걸 알아 직접 전화로 말씀 못 드려 죄송합니다.

아닌 밤중에 홍두깨라고 갑자기 이 무슨 날벼락인지, 내가 만약 친양자로 입양하지 않으면 다른 곳으로 친양자 입양 보낼 수도 있다는 이야기인가? 누리가 알면 얼마나 충격을 받을까? 그렇다고 모른 척할 수도 없는 일이라 전화를 했습니다. 그녀는 한참을 '죄송합니다'라는 말을 되풀이하며 펑펑 울었습니다. 애절하게 우는데 뭐라고 말할 수 없어 친양자 입양에 대하여 알아보겠다고 하고 통화를 마무리했습니다.

갓난아기 때 만난 누리는 다섯 살까지 저를 친엄마로 알고 자랐습니다. 언제쯤 친엄마가 아니라는 사실을 알려줄까 그때를 재고 있는데, 다른 아이들이 놀이를 하면서 우리 모두는 여기 엄마가 친엄마가 아니라는 사실을 이야기하는 바람에 조금 일찍 알게 되었습니다.

그날 밤 누리는 정말로 엄마가 자기를 낳아준 친엄마가 아니냐고 물었고, '응'이라고 대답하는 저에게 그럼 나를 낳아준 친엄마는 어디에 있고 왜 나를 여기에 보냈느냐고 물었습니다. 친엄마는 먼 곳에 있고 누리를 낳아서 잘 키우고 싶었는데 도저히 잘 키울 수 없어 누리를 잘 키워줄 사람을 찾아 엄마에게 보낸 것이지 결코 누리가 미워서 버린 것은 아니라고 이야기해주었습니다. 누리는 눈물이 그렁그렁한 눈으로 저를 쳐다보더니 품에 안겨 흐느끼기 시작했습니다.

나도 큰형아처럼 엄마의 친아들이면 좋겠다는 말을 반복하며 울고 또 울었습니다. 저는 서럽게 우는 누리를 무슨 말로 어떻게 달래야 할지 몰라 함께 부둥켜안고 울었습니다. 한참을 울고 난 누리는 저를 밀어내며 손등으로 눈물을 닦아내고는 "그래도 괜찮아요. 저는 엄마가 내 엄마라고 생각할 거니까요." 하고 밝게 웃었습니다. 그런 누리를 다른 곳으로 친양자 입양 보낸다는 것은 있을 수 없는 일이었습니다.

저는 직업적 본능으로 상황을 분석했습니다.

√ **문제 상황**

1. 친모가 친양자 입양 보내기를 원한다.

2. 다른 곳으로 입양을 보내면 누리가 받을 상처가 너무 크다.

√ **해결 방법**

1. 친양자 입양 조건에 대하여 알아본다.

2. 조건이 된다면 직접 친양자 입양한다.

√ **기대 효과**

1. 엄마의 친아들이면 좋겠다던 누리의 소원이 이루어진다.
2. 누리가 몸과 마음이 건강하게 성장해서 사회에 기여할 수 있다.

답은 나왔습니다. 친양자 입양 조건이 되는지 알아보고, 조건이 된다면 가족(남편과 아들, 딸)의 동의를 얻어 친양자 입양을 하는 것입니다. 가정법원에 나와 있는 구비 서류와 조건에 대하여 알아보니 다행히 누리와 저희 부부 나이차이가 60년이 되지 않아 친양자 입양은 가능할 것 같았습니다. 그런데 친양자 입양을 하면 '즐거운 집' 입소 아동으로 받는 모든 혜택은 사라지고 오롯이 양육비와 교육비를 제가 감당해야 하는데, 정년을 3년 앞두고 있는 남편의 많지 않은 수입으로 과연 입양 후 교육비를 감당할 수 있을지 걱정되었습니다.

하지만 제가 다하지 못하는 엄마 역할을 아들과 딸이 맡아준다면 문제 될 것도 없을 것 같아 가족회의를 통해 상황을 설명하고 동의를 구했습니다. 가족 모두의 의견이 '누리에게 상처 주지 말자'였습니다. 어려서부터 아빠, 형, 누나로 부르며 성장했으니 '친양자 입양'을 한다고 해서 특별히 달라질 것도 없었습니다. 더구나 성씨도 본이 아빠와 같아서 변경할 것도 없고, 누리의 친아빠와 엄마가 동의하고 서류를 준비해서 절차를 밟는다면 문제 될 것이 없을 것 같았습니다.

가정법원에 친양자 입양 신청서를 제출하고, 입양 부모교육도 받고, 출입국 내역부터 재산과 부채 현황까지 모두 보고한 후 마지막 재판을 받아 입양절차가 마무리되고 주민등록등본에 동거인에서 '자'로 바뀌기까지 6개월의 긴 여정이 끝났습니다.

이제 모든 것이 다 끝난 줄 알았습니다. 친양자로 입양되었으니 '즐거운 집'에서 퇴소하는 절차를 밟기 위해 관계 기관에 서류를 제출했습니다. 그런데 며칠 후 담당 주무관은 떨리는 목소리로 일이 잘못되었는데 어떻게 하면 좋겠냐고 물었습니다. 퇴소 절차를 진행하려고 '아동권리보장원'에 승인 요청했더니 '입양 특례법'에 따라 입양 보내야 하는 일을 누가 민법으로 진행했냐고 가정법원 사무관을 크게 나무랐다고 합니다. 그리고 자신에게 전화해서 무슨 일을 이렇게 처리하느냐고 또한 번 꾸중을 들었다고 했습니다.

법원 사무관은 저에게 왜 그 사실을 밝히지 않았느냐고 화를 내고, 행정기관 주무관도 난감해서 제가 처리하겠다고 했습니다. 법원 사무관이나 행정기관 주무관은 공무원으로 이 문제가 커지면 승진에 어려움이 있거나 징계를 받을 수도 있으니 민간인인 제가 나서는 것이 맞을 것 같았기 때문입니다.

'아동권리보장원' 담당 변호사께 전화해서 "죄송합니다. 이제 어떻게 하면 될까요? 지금 등본까지 다 바뀐 상태인데 파양하고 다시 처음부터 입양특례법으로 진행할까요?" 하고 물었습니다. '아동권리보장원' 담당 변호사도 엄마입니다. 그 과정이 얼마나 힘들고 어려운지 너무나 잘 알기에 이미 판결이 나서 등본까지 바뀐 사항을 뒤집어엎을 필요는 없다고 하며, 대신 입양 축하금이나 입양 수당은 받을 수 없다는 것을 알고 계셔야 한다고 했습니다.

입양특례법에 따라 입양한 입양 가족에게는 입양 축하금이 200만 원 나오고 매월 입양 수당이 20만 원씩 나온다는 사실을 그때 알았습니다. 인터넷 검색을 통해서도, 관련기관 홈페이지에서도 입양 특례법에 대한 안내를 보지 못했습니다. 담당 주무관에게 누리를 입양해야 할 것 같다는 말을 했고, 법원에 제출한 서류에도 한 줄로 '즐거운 집'에서 생활하는 아동임을 기록했는데 아무도 보지 못하고 무사통과되었던 것입니다.

절차는 중요합니다. 그렇다고 그것이 절대적인 것은 아닙니다. 인간이기 때문에 때로는 실수도 하고 오류를 범하기도 할 수 있으니까요.

죽고 사는 문제가 아니고 다른 사람에게 피해를 주는 일이 아니라면, 그런 실수는 용납되어야 하지 않을까요?

15

주의력 결핍(ADHD),
검도로 풀다

요즈음 ADHD 진단을 받고 약을 복용하는 아이들을 쉽게 볼 수 있습니다. 약을 복용했을 때 축 늘어지고 잠만 자는 아이도 있어 약을 복용하는 것에 대한 거부감이 있는 부모도 있지만, 아이가 너무 산만해서 학교 수업에 지나친 방해가 된다는 연락을 받으면 할 수 없이 약을 먹일 수밖에 없습니다.

물론 학교에 입학하기 전까지는 크게 문제 되지 않습니다. 그저 조금 활동적인 아이, 또는 가만히 있지 못하고 호기심이 많은 아이 정도로 생각하여 병원을 찾지 않는데, 1학년에 입학하면 상황은 달라집니다. 대부분 1교시 수업이 40분 하고 10분 쉬는 형태이나 학교에 따라 80분을 하는 곳도 있습니다. 집에서 뛰어놀던 아이가 갑자기 40분 동안 의자에 앉아 수업에 집중한다는 것은 힘들고 어려운 일입니다. 중간에 화장실을 갈 수 있다고는 하나 80분을 앉아 있는 것은 대단한 인내심을 필요로 할 것 같은데, 대다수 아이들이 그걸 해낸다는 것이 신기하기까지 합니다.

그런데 그 시간을 참아내지 못하고 움직이며 다른 친구에게 장난을 치거나 수업에 방해가 되는 행동을 하면 선생님은 지적하고, 제지하고, 벌을 주고, 그래도 안 되면 집에 연락해 ADHD 검사를 해보는 것은 어떠냐고 합니다. 엄마는 당황스러워 서둘러 종합심리검사를 합니다. 종합심리검사는 엄마가 어떻게 체크하느냐에 따라 크게 달라집니다. 엄마가 긍정적으로 바라보느냐 부정적으로 바라보느냐에 따라 아이의 특정 행동에 대한 평가, 즉 강도와 빈도수를 나타내는 항목 체크가 달라지기 때문입니다.

은우가 그랬습니다.

1학년에 입학하고 한 달이 지나면서부터 문제가 되기 시작했습니다. 선생님은 말끝마다 은우의 행동을 지적했고 벌을 주기 시작했으며, 그 상황은 고스란히 1학년 학부모들에게 전달되었습니다. 학부모들은 내 아이가 불이익을 당하는 것으로 생각하고 문제가 되는 은우를 다른 곳으로 보내든지 해야 하는 것 아니냐는 말까지 나왔습니다.

저는 부랴부랴 집에서 재배한 마와 야콘을 싸들고 학교에 갔습니다(그때는 뇌물이 통했습니다). 선생님은 알프스 소녀처럼 단아하고 다정다감하게 말씀하시는 분이었습니다. 선생님께 은우의 성장 배경에 대하여 말씀드리고 집에서 적극적으로 지도할 테니 조금만 더 참아주시면 감사하겠다고 부탁을 드렸습니다. 선생님은 심리치료를 권하셨고 저는 미술치료를 하겠다고 말씀드린 후 다음 날부터 일주일에 한 번 미술치료를 시작했습니다.

그렇게 1년을 보냈는데 은우는 재미있어 하기는 하나 가시적으로 눈에 보이는 변화는 느껴지지 않았습니다. 어떻게 은우의 집중력을 끌어올릴까 고민하는데 집중력을 높여준다는 검도가 생각났습니다. 은우도 운동하는 것을 좋아해서 검도장에 보냈는데 너무 즐거워하며 열심히 했습니다. 검도를 시작하면서부터 수업 시간에 자리를 이탈하지 않고 앉아 있는 시간도 늘어났습니다. 3학년부터 시작한 검도를 통해 생활전반에 걸쳐 변화가 생기기 시작해 10년 동안 검도 3단을 따고 무림픽(Mulympic) 대회에서 예선 2위로 메달을 받아왔습니다. 뿐만 아니라 초등학교 5학년 때와 고등학교 3학년 때 보건복지부 장관 표창을 받고 중학교 3학년 때는 보건복지부 장관상을 받았습니다.

은우는 중학교 2학년 때부터 해동검도 시범단에 들어갔습니다. 적게는 몇 개월에서 길게는 몇 년 동안 시범단으로 활동한 단원들 사이에서 180cm 키에 100kg의 거구가 기다란 검을 들고 때로는 빠르게 혹은 부드럽게 춤을 추며 무대를 누비는 것은 쉽지 않아 꽤나 힘들어했습니다. 보다 못한 관장님은 힘들면 포기해도 된다고 했지만 은우는 끝까지 버티더니, 드디어 시범단 단원으로서의 품위와 실력을 갖추어 제가 기획하고 추진한 1박 2일 '우리 모두 파이팅' 여름 캠프에서 시범 공연을 하기도 했습니다. 검도에 몰입하여 집중하다 보니 다른 것들은 자연스럽게 따라와 약을 복용하지 않고 ADHD에서 벗어날 수 있었습니다.

은우는 고등학교 졸업 후에 일과 학업을 병행하는 도제제도를 이용해 중소기업에서 정사원으로 일하며 주말에 폴리텍 대학교 스마트 전기과에 진학해 졸업하고 지금 3학년 편입을 준비하고 있습니다. 어떻게 그 힘든 과정을 해낼 수 있냐고 물었더니 일하면서 받는 스트레스를 운동으로 풀어낸다고 합니다.

ADHD로 문제아 취급을 당했을 때 검도로 극복했던 경험이 사회생활에서 받는 스트레스를 운동으로 풀어내도록 한 것 같아 다행이다 싶었습니다.

지금은 주짓수와 '인도어 클라이밍(실내 암벽 타기)'을 하는데 지난달에는 주짓수 대회에서 금메달을 땄다고 자랑합니다. 제겐 주짓수 운동이 생소해서 어떤 운동인지 물어보니 상대방을 제압하기 위해 꺾고 조르는 일종의 몸싸움인데 기술을 이용해 상대를 제압하는 거라고 소개해주었습니다.

주의력 결핍은 약을 복용해야 하는 것으로 알려져 있고, 대다수의 엄마들은 아이에게 약을 먹도록 합니다. 그것도 하나의 방법이지만 모든 아이가 약을 먹을 필요는 없습니다. 고(故) 이어령 선생님은 《이어령의 마지막 수업》에서 바글바글한 데는 끼고 싶지 않아서 해수욕장에도 안 갔다고 고백합니다. 내가 나로 살고 싶어 떼로 사는 것을 포기했다는 것입니다. 내가 타인과 다르다는 것을 증명해야 내가 나로 살 수 있고, 그때 비로소 나는 유일한 존재가 되어 남을 끌어안고 눈물도 흘릴 줄 알게 된다고 말합니다.

우리 모두는 유일한 존재입니다. 그런데 우리는 집단주의에 세뇌당하여 군중의 한 사람으로 끼여 살고 있습니다. 대부분 그렇게 살고 있으니 다름이 틀림으로 여겨집니다. 집단 무리와 조금만 다르면 너는 틀렸고 잘못되었으며 그 무리에서 배제되어야 하는 존재라고 낙인찍습니다.

ADHD는 다름일 수 있습니다. 다름을 같음으로 만들기 위해 노력하지 않고 다름을 운동으로 승화시켜 자기 길을 가고 있는 은우의 미래가 기대됩니다.

당신의 삶은 어떻습니까? 다른 사람의 눈이 두려워 군중의 한 사람으로 끼여 살고 있지는 않나요?

16

"도시락 주세요"

엄마의 손맛은 어떤 맛일까요?

엄마의 손맛은 식재료를 지지고 볶는 모든 과정의 맛입니다. 아이는 결과물의 맛이 아닌 과정의 맛을 기억에 담습니다. 그 맛은 아이가 성인이 되어 살아가다 힘들고, 지치고, 포기하고 싶을 때 아이를 일으켜세우는 힘이 됩니다.

가난했던 유년시절, 어머니는 당신이 할 수 있는 최선의 것을 주셨습니다. 평생 가난한 농부의 아내로 살았던 제 어머니는 비가 와서 밭에 나가 일을 할 수 없을 때 저희들을 위해 무엇인가를 만드셨습니다. 전기도 없고, 20분은 걸어가서 하루에 세 번 비포장 길을 달려오는 버스를 타야 시장에 갈 수 있었던 곳에서 어머니가 할 수 있는 것은 자급자족하는 것이었습니다. 밀을 심어 수확한 후 장날 머리에 이고 가서 밀가루로 만들어다 놓으시고 비 오는 날에는 부추전도 해주시고 호박전도 해주셨습니다. 콩을 수확하면 콩을 볶아주시고 감자를 캐면 감자를 쪄주시며 부추와 호박과 그곳에 사는 애벌레들 이야기를 해주셨습니다.

그냥 보고 듣고 지나쳤다고 생각했는데 어른이 되어 살아가면서 힘들고 지칠 때 엄마의 손맛은 저를 일으켜세우는 보약이 되었습니다. 그 힘을 대물림하고 싶어 DNA가 다른 아이들을 돌보기 시작하면서 아이들이 엄마의 손맛을 알고 사회에 나가도록 하겠다고 저와 약속했습니다.

"도시락 주세요."

운동장에 만국기가 걸리고 아이들이 기다리고 기다리던 오월의 운동회가 열리는 날, 민이가 등교하기 위해 신발을 신으며 도시락을 달라고 합니다. 엄마라고 부르기 시작했으나 아직 엄마를 잘 모릅니다. 엄마가 도시락 싸가지고 운동장에 갈 거니까 걱정하지 말고 그냥 등교하라고 했습니다.

저는 새벽에 일어나 민이와 함께 먹을 김밥과 간식을 준비했습니다. 돗자리도 준비하고 과일과 사탕, 과자, 음료수도 준비하며 시계를 봅니다. 아홉시가 되면 전교생은 운동장에 모여 교장선생님 말씀을 듣고 국민체조를 마지막으로 청군 백군으로 나뉘어 자리를 잡습니다. 일찍 가야 그늘에 자리를 잡을 수 있어 서둘러 집을 나섭니다.

운동회를 전문으로 기획하고 진행하는 업체에서 나온 진행자의 멘트가 만국기 사이로 날아갑니다. 도시락을 싸들고 온 학부모들도 덩달아 신이 나서 함께 뜁니다. 저학년부터 시작된 50미터 달리기를 비롯하여 공굴리기, 할머니들의 돼지몰이 등 다양한 경주가 펼쳐집니다. 오전 프로그램의 하이라이트는 박 터트리기입니다. 청군과 백군 모두 나와 콩 주머니를 던져 박을 터트려야 합니다. 쉴 사이 없이 날아가는 콩 주머니는 박을 비켜가기 일쑤입니다. 빗발치던 콩 주머니 사이에 서 있던 박이 드디어 입을 벌려 '몸도 튼튼 마음도 튼튼, 즐거운 점심시간 되세요'라고 인사합니다.

운동장 한 귀퉁이에 돗자리를 펴고 앉아 밥을 먹습니다. 민이가 처음으로 받아보는 엄마표 도시락 밥상입니다. 이제 민이는 저와 공유하는 시간의 폭과 깊이를 더해가며 추억을 쌓아 문화 자본을 축적하게 될 것입니다.

자기를 낳아준 엄마는 아니지만, 존재를 인정하고 존중하며 100% 믿어주고 기다려준 엄마가 만들어준 음식 맛을 몸으로 기억하게 하고 싶어 22년째 아침저녁은 직접 만든 음식으로 밥상을 차립니다. 김치는 물론 스파게티와 간식(각종 전을 포함하여 떡볶이, 와플, 토스트 등)을 만들어주며 이 음식 맛이 살면서 힘들고 어려운 순간을 만났을 때 다시 일어설 힘과 용기를 주는 추억이 되기를 기대하고 있습니다.

아이는 기다려주지 않습니다.

민이를 위해 김밥을 준비합니다. 김밥을 싸기 위해 단무지를 자르고 햄을 굽고 달걀지단을 부칩니다. 민이는 식탁에 앉아 분주하게 움직이는 엄마 손을 바라봅니다. 엄마가 직접 싸주는 김밥은 김밥 집 김밥과 다른 특별한 맛이 납니다. 집에서 엄마가 자기를 위해 김밥을 싸는 것을 처음 봅니다. 고소한 참기름 냄새와 코를 자극하는 햄 굽는 냄새, 빠르고 섬세하게 움직이는 엄마의 손까지 이 모든 과정이 자기를 향해 있습니다. 민이는 김밥을 싸는 과정을 먹습니다.

워킹맘으로 분주한 엄마들은 힘들고 귀찮고 시간이 없다는 이유로 마트에서 김밥을 사다 줄 수도 있습니다. 그럼 그 아이가 성장해서 기억하는 것은 마트에서 사온 김밥의 맛이겠죠.

엄마의 손맛은 화려하지 않습니다. 그저 소박한 밥상에서 소소한 대화를 나누며 먹었던 공간의 맛이고 엄마의 몸에서

풍기는 향기입니다.

오늘은 특별할 것 없으나 무엇과도 바꿀 수 없는 값진 엄마의 손맛을 당신의 아이에게 선물해보는 것은 어떨까요?

17

한번 엄마는
영원한 엄마

국가 통계 포털에 따르면 2021년 12월 기준으로 2,267개의 직종이 있고 약 2,868만 명이 근로자로 등록되어 있는 것으로 확인되지만, 엄마라는 직업군은 없습니다. 그런데 세상에는 통계에 잡히지 않는 엄마라는 직업으로 살아가는 사람들이 있습니다.

권리는 없고 의무와 책임만 있는 엄마, 감정노동자로서 노동 강도는 세지만 보상은 적은 극한 직업 중의 하나입니다. 여타 직업은 자신의 적성과 능력에 따라 일정 기간 일하다 정해진 기간이 끝나면 어깨에 짊어진 책임과 의무를 내려놓고 자유인이 되는데, 엄마라는 직업은 그런 자유가 허락되지 않습니다. 기간도 없고 책임과 의무를 벗어던질 수도 없는, 한번 엄마는 영원한 엄마일 뿐입니다.

새벽 2시 30분, 세상이 잠든 고요한 시간에 전화벨이 울렸습니다. 연우의 전화입니다. 이 새벽에 무슨 일인가 화들짝 놀라 전화를 받았습니다. 전화기 너머의 낯선 남자가 '여보세요' 합니다. 심장은 정지되기 일보 직전으로 요동치기 시작합니다. 무슨 보이스피싱인가? 어떻게 하지? 찰나의 시간에 여러 생각이 뒤엉킵니다. 남자는 경찰인데 아드님이 **아파트 상가 옆길에 만취 상태로 쓰러져 있고 이마에 상처가 났는데 지금 오셔야 할 것 같다고 했습니다. 저는 애가 그 아파트 210동 501호에 사는데 데려다주시면 안 되겠냐고 물었습니다. 경찰은 만취한 사람을 혼자 두는 것은 안 된다고, 119 구급대 불러서 중앙지구대로 이송할 테니 지금 중앙지구대로 오라는 말을 남기고 전화를 끊었습니다.

내가 낳은 친아들이라면 두 손 바들바들 떨며 달려갔을까요?

순간 저는 잠자리를 박차고 일어나 달려가지 않고, 연우가 독립해서 혼자 살고 있는 아파트로 데려다주기를 바랐습니다. 그러나 경찰은 혼자 둘 수 없다고 했습니다. 길거리에 만취 상

태로 쓰러져 있는 사람을 발견했을 때 연고자를 찾아 인수인
계한다는 매뉴얼을 따라야 하기 때문일 겁니다.

머릿속이 복잡해집니다. 만취 상태라는데 180cm의 20대 중
반 청년을 158cm의 내가 부축해서 집에 데려다줄 수 있을까,
경찰이 만취 상태라 집에 혼자 둘 수 없다고 데리러 오라고 했
으니 그럼 집으로 데려와야 하나, 모두가 자고 있는데 집에 데
려오면 어느 방에서 쉬도록 하지, 과연 혼자 데려올 수나 있는
걸까, 누구 함께 갈 사람 없나, 순간의 시간에 생각은 뒤엉키
고 몸은 움직이며 준비하는데 중3 도담이가 화장실에 있었습
니다.

대뜸, 도담이에게 빨리 나와서 함께 어디 갔다 오자고 했
습니다. 도담이는 이 시간에 어디를 가자고 하는지 어리둥절
한 얼굴로 무슨 일이냐고 물었습니다. 이유 묻지 말고 그냥
따라오라고 하고 자동차 키를 챙겨 나갔습니다. 화장실에서
휴대폰을 하다 딱 걸린 도담이는 야단맞을까봐 영문도 모르
고 잠옷 차림에 겉옷만 걸치고 따라왔습니다. 텅 빈 도로가
무섭습니다. 신호를 무시하고 달리는 차가 와서 덮칠 것만 같
습니다.

차에 올라 앞을 보고 가면서 상황을 간단하게 설명합니다.
도담이는 꼬치꼬치 묻습니다. 엄마 머리가 복잡하고 질주하는

차량들 때문에 새벽 운전이 무서워서 긴장하고 운전해야 하니까 나중에 물어봐달라고 부탁하자 무거운 침묵이 밤이슬처럼 내립니다.

　중앙지구대에 도착하자 누구냐고 묻습니다. 순간 또 망설입니다. 그리고 사회복지시설 대표라고 말하고 말았습니다. 굳이 사회복지시설 대표라고 말해야 했을까, 가족관계 증명서를 확인할 것도 아닌데 왜 그래야만 했을까, 엄마라고 하면 자식을 잘못 키운 엄마로 비난의 화살을 맞을까 두려웠던 것은 아닐까, 연우가 술에서 깨어나 이 사실을 안다면 얼마나 슬플까. 연우의 휴대전화에 엄마라고 저장되어 있어서 전화를 한 것이라는 경찰의 말에 "제가 엄마로 아이를 키웠으니까요"라는 대답으로 양심의 가책에서 조금 비켜섰습니다.
　경찰은 연우의 이름과 생년월일 그리고 전화번호를 묻고 저의 이름과 전화번호를 물었습니다. 조금의 더듬거림도 없이 술술 진술하는데 전화번호 뒷자리가 같습니다. 아들임이 증명되는 순간입니다. 마지막으로 경찰은 한 장의 종이를 내밀며 서명을 하라고 합니다. 인수자라는 단어가 눈에 들어옵니다. 연우가 물건도 아닌데 인수자라 합니다. 달리 방법이 없어 이름을 두 번 쓰는 것으로 서명을 합니다. 여기에도 써야 한다고 해서 보니, 관계를 묻고 있습니다. 친모가 아닌데 '모'라고 쓰는 것도 거짓말 같고, 그렇다고 사회복지사라고 쓰는 것은 더 이상해서, 평소에 학교 제출 서류에 사용하던 '모'가 들어간 위탁모라고 씁니다.

연우는 이마에 찰과상을 입고 피를 흘리며 정신 못 차리고 의자에 기대어 있었습니다. 깨어나면 기억을 못 할 겁니다. 경험해보지 않았으나 만취했다 깨어난 사람들이 모두 그렇게 이야기하는 것을 들어서 그럴 것이라고 생각하며 연우를 일으켜 세웠습니다. 힘에 부쳐 제가 넘어지자 경찰과 119 구급대원들이 자기네가 태워줄 테니 비켜나라고 합니다. 차에 타지 않으려고 두 팔로 차 문을 잡고 완강하게 버티는 연우를 간신히 설득해서 겨우 차에 태웠습니다.

집에 도착하기는 했으나 차에서 내리는 것부터 문제가 발생했습니다. 힘으로는 안 되고 연우 스스로 내리도록 해야 하는데 도무지 말을 알아듣지 못하고 이리저리 픽픽 쓰러집니다. 차에서 집까지의 거리는 20m 정도 되는데 보도블록을 비롯한 화분 같은 장애물들을 피해 어떻게 부축해서 들어갈지 참 난감했습니다. 결국 연우가 조금이라도 정신을 차리고 걷게 만드는 방법밖에 없어 큰소리로 정신 차리라는 말을 반복하는 사이, 온 집안 식구들이 잠에서 깨어나 눈을 비비며 무슨 일이냐고 뛰어나왔습니다.

배 아파 낳은 자식도 성장해서 독립하면 서로가 바쁘게 사느라 한 달에 한 번 소식을 주고받기도 쉽지 않습니다. 어쩌다 전화해서 잘 사는지 연락은 한 번씩 해야지 하면, '무소식이 희소식이잖아요' 합니다. 그러고 보니 용돈이 떨어져야 전화하고 아쉬운 일이 있을 때 찾았던 것 같습니다. 눈에서 멀어지면 마음에서 멀어진다는 옛말이 딱 맞는 것 같습니다. 연우와 함께 살 때는 사회에 나가 잘 살아가도록 이것저것 챙기고 가르쳤지만 독립해서 잘 살아가고 있음을 확인한 후에는 지금 눈앞에 펼쳐진 일을 처리하기에 분주한 날들 속에서 잊고 살았습니다.

그런데 연우는 한밤중에 만취 상태로 저의 아들로 세상에 존재하고 있음을 새삼 확인시켜주었습니다.

경찰서에 도착했을 때 관계가 어떻게 되느냐고 묻는 순간, 내가 엄마인데 우리 아이 괜찮냐고 다급하게 엄마다운 대답을 하지 못한 것이 내내 마음에 걸립니다. 엄마로 살아온 지난 12년의 삶을 부정하는 것은 아닌가 싶어 죄인 같습니다. 무늬만 엄마였던 것은 아닐까 싶어 부끄럽습니다. 비단 오늘만의 일은 아닙니다. 학교에서 환경조사서를 작성해달라고 할 때도 그렇고, 재난지원금을 받을 때도 그랬습니다. 언제까지 이런 갈등이 계속될지 모릅니다.

연우 아빠는 사업에 실패한 후 술에 취해 살다 연우를 혼자 덩그러니 남겨두고 저보다 어린 나이에 평온의 숲으로 들어갔습니다. 그런 아빠의 유전인자를 받았으니 절대 술을 입에 대지 말라고 신신당부했는데, 무엇이 연우가 만취되도록 했는지 모릅니다. 여자 친구와 헤어졌는지, 아니면 직장에서 스트레스를 심하게 받아 견딜 수 없었는지 알 수는 없지만 해장국을 끓여야 합니다.

저는 해장국을 끓여보지 않았습니다. 길거리에서 보았던 해장국집 이름을 떠올려봅니다. 감자 해장국, 고추장 해장국, 된장 해장국, 콩나물 해장국, 굴 소면 해장국, 뼈 해장국…… 냉장고에 있는 재료를 탐색해보니 마땅하지 않습니다. 결국 저의 특기대로(저만의 레시피로 요리하기) 김치 해장국이라는 이름을 붙여 저만의 메뉴를 만들어냅니다.

아침 10시가 되어 낯선 공간을 느끼고 깜짝 놀라 일어난 연우는 따가운 이마의 상처를 만지며 어쩔 줄 몰라 합니다. 저는 엄마표 미소로 연우의 얼굴을 감싸며 속 쓰리겠다, 김치 해장국 끓여놓았으니 한 수저라도 먹으라고 합니다.

아이의 통장 하나 만들 수 없는, 권리는 없고 책임과 의무만
있는 엄마.

그 엄마가 이곳에 있습니다. 저의 직업은 엄마입니다.

18

'하세요'를
'하고 싶어요'로

우진이는 네 살까지 말을 배우지 못했습니다. 이웃의 신고로 쓰레기통 집에서 분리되어 쉼터로 옮겨졌는데 그곳에서 처음으로 들은 말이 '이거 하세요'입니다. 쉼터는 긴급 분리된 아동이 일시적으로 머물다 가는 곳인데 그곳에 터줏대감으로 있는 열두 살 지적장애 아동에게 선생님이 하는 말을 듣고 처음으로 따라 해보았습니다. 소리가 말이 되어 나온 것은 처음입니다. 우진이는 신기해서 녹음기처럼 '이거 하세요'를 반복합니다.

우진이는 지금 다섯 살입니다. 엄마는 왜소증이고 두 동생은 왜소증에 지적장애가 있습니다. 장애가 있는 엄마가 세 아이를 돌보는 것도 힘든데 갓 태어난 외사촌 조카까지 도맡아 키우다 보니 집안은 그야말로 혼돈과 무질서 상태로 도무지 해결 방법이 보이지 않았습니다. 다른 사람이 보기에 그랬습니다. 우진이와 엄마와 동생들은 빨랫감이 나뒹굴고 남은 음식물에 곰팡이가 생긴 그릇들이 늘어져 있는 싱크대 사이에서 용케도 자기 공간을 찾아 밥을 먹고 잠을 잤습니다.

이런 상황은 우연히 이웃집 아주머니에게 발견되었고, 질서와 조화를 추구하며 살아온 아주머니는 기겁하고 112에 신고하여 우진이는 즉각 분리되었습니다. 그것이 우진이에게 어떤 영향을 미치는가는 중요하지 않았습니다. 쓰레기더미(일반적인 사람이 보았을 때)에서 아이가 자라는 것은 비위생적이기 때문에 분리해서 위생적이고 교육적인 환경에서 성장하도록 도와주어야 한다는 것이 긴급 분리의 이유입니다.

보통은 엄마가 하는 말을 수도 없이 듣고 또 들으며 흉내 내는 것으로 소리가 말이 되어 나오는데, 우진이는 '이거 하세요'가 처음 입에서 뱉어낸 말입니다. 쉼터에서 열두 살 형에게 선생님이 하던 말을 다섯 살 우진이가 흉내 내어 한 말입니다. 그런 우진이의 말을 누구도 잘못되었다고 수정해주지 않았습니다. 네 살까지 말 못하던 아이가 긴급 분리되어 말을 했다는 사실 자체가 쉼터의 큰 성과 중 하나로 기록되었고, '잘한다, 잘한다'로 더 많은 말을 흉내 내도록 부추겼습니다.

'잘한다'로 인정되던 우진이의 언어 습관은 저를 만나면서 제동이 걸렸습니다. 키가 180cm인 중학교 3학년 누리에게 97cm의 다섯 살 우진이가 "형 이거 해, 이렇게 해야 하잖아"라고 지시하고 명령합니다. 누리는 어이가 없어 쳐다만 봅니다. 선생님에게도 '이렇게 해주세요. 왜 안 해주세요?' 하는 것은 기본입니다. 저는 우진이를 불러 선생님께는 그렇게 말하는 것이 아니고 '선생님, 이렇게 하고 싶어요. 도와주세요'라고 말하는 거라고 이야기해주고 따라 하도록 합니다. 하지만 이미 각인되어버린 언어 습관은 쉽게 변할 것 같지 않습니다.

함께 생활하는 여섯 살 민우에게는 아예 대놓고 지시하고 명령합니다. "장난감 정리하라니까 왜 정리 안 해. 지금 해, 빨리 하라니까"라며 날카롭게 쏘아봅니다. 민우는 울면서 우진이가 자꾸만 자기에게 뭘 하라고 시킨다며 저에게 이릅니다. 저는 우진이가 가지고 놀았던 장난감은 우진이가 정리해야 한다고 알려주고 스스로 정리하도록 합니다. 우진이는 민우도 같이 가지고 놀았다고 민우가 정리해야 한다고 우깁니다. 마치 억울한 일을 당한 사람처럼 불쌍한 표정으로 울며 소리 지르고 방바닥을 내리칩니다.

우진이는 자기가 하는 말이 옳고 그렇게 해야 한다고 생각합니다. 내 것과 네 것에 대한 구분선이 분명하지 않아 남의 장난감을 함부로 만지고 작동방법을 숙지하지 않고 힘으로 이리저리 바꾸다 부러지고 망가져도 미안하거나 잘못했다는 생각을 하지 않습니다.

원인이 어디에 있는지 종합심리검사를 했습니다. 결론은 주의가 산만하여 상대방의 말을 정확하게 듣지 못하고 자기 생각만 하며, 한번 자기 생각에 빠지면 다른 사람 말이 전혀 귀에 들어오지 않는다고 했습니다. 먼저 약을 복용하며 주의를 집중하도록 하고 언어치료를 통해 언어사용 방법을 배워가도록 하라는 진단이 나왔습니다.

그런데 우진이는 언어치료실에 가서도 명령합니다. "선생님, 이 책은 아니에요. 재미없는 거잖아요." 그 책은 우진이와 언어치료사 선생님이 함께 고른 책임에도 처음 한쪽을 읽어주자 갑자기 우진이가 읽기를 거부하고 화를 내며 하는 말입니다. 언어치료사 선생님은 단호하게 이 책은 우진이가 읽겠다고 고른 책이기 때문에 오늘은 이 책을 함께 읽고 이야기 나누어볼 거라고 얘기하지만 우진이의 반항적 행동은 계속됩니다.

말을 한다고 다 말이 아닙니다. 말에는 품격이 있고 대상과 상황에 따라 적절한 단어를 사용해야 합니다. 보통은 5세 아동이 약 2,000개의 단어를 사용해 말을 하는 것으로 알려져 있는데, 성장 환경에 따라 현저하게 적은 단어만을 사용하는 아이도 있습니다. 보고 듣고 경험하지 못한 것들은 말로 할 수 없다 보니 그 격차는 점점 벌어집니다.

모든 아기는 태어나는 순간 예쁘고 귀엽고 사랑스럽습니다. 그런 아기가 성장하면서 전혀 다른 모습이 될 수도 있습니다. 방임과 학대와 일관성 없는 양육태도는 어느 순간 아이의 인지구조를 비틀어 꼬아버립니다. 이미 꼬여서 고착화된 인지구조를 풀기는 너무나 어렵습니다. 단호함과 일관성 있는 관심과 사랑을 포함한, 많은 시간과 에너지와 기다림이 필요합니다.

그럼에도 불구하고 어떤 상황이 되면 아이의 분노가 수직으로 올라와 폭발해버릴 수도 있습니다. 폭발을 막기 위해서는 비폭력 대화를 통한 언어 교정이 필요합니다. 어렵지만 결코 포기할 수 없는 일입니다. 인지구조가 꼬인 한 아이의 분노가 힘이 약한 여자나 아이, 또는 바르게 성장한 불특정 다수를 향해 폭발할 수도 있으니까요.

호기심 많고 무엇이든 스펀지처럼 흡수해야 할 다섯 살 우진이의 뇌는 콘크리트로 방어막을 쳐놓은 것 같습니다. 단단한 콘크리트를 철거하고 말랑말랑한 뇌로 만들기 위해서는 일관되고 지속적인 따뜻한 관심과 사랑과 에너지가 투입되어야 합니다. 오늘도 '하세요'를 '하고 싶어요'로 바꾸기 위해 함께 동화책을 읽고 말 따라 하기를 합니다.

이제부터 시작입니다.

삭제하고 싶은
3년

삭제하고 싶은 3년은 저만의 생각입니다. 제가 생각하는 정의가 환희에게는 정의가 아니고 제가 생각하는 옳음이 환희에게는 옳음이 아닙니다. 환희는 지난 3년을 삭제하고 싶은 생각이 없습니다. 피어싱을 하고, 문신을 하고, 담배를 피우고, 술을 마시며 친구들과 함께 어울려 돌아다닌 그 시간이 즐거움이고, 행복이고, 자유로움이었습니다.

환희는 여섯 살에 만났습니다. 밤에 오줌을 싸는 것은 기본이고 날마다 코를 후벼서 코피가 났으며 밖에 나가자고 하면 싫다고 버티면서 울었습니다. 글자와 눈 맞추기는 상상도 못하고 한번 고집을 피우기 시작하면 누구도 감당하기 힘들었습니다. 주변에서는 혹시 자폐아가 아니냐고 물어볼 정도로 퇴행이 심했습니다.

모두가 키우기 힘들겠다고 하는 환희에게 저는 2년 동안 온갖 정성을 들였습니다. 글자 카드를 들고 환희와 마주 앉는 순간 꾸벅꾸벅 조는 환희를 깨우기 위해 세수도 시켜보고 글자 카드를 들고 집 밖으로 나가 계단에 앉아서 보여주기도 하며 날마다 새로운 방법을 찾아 시도했습니다. 소아과 의사 선생님은 코를 후벼서 피가 나는 것에는 특별한 약은 없고 안 만지도록 하는 것이 최고의 방법이라며 눈에 넣는 연고로 된 안약을 처방해주셨습니다. 밤에 오줌 싸는 것을 예방하기 위해서는 새벽 2시 30분에 잠자는 아이를 깨워 화장실에 데리고 가는 일을 반복했습니다. 그렇게 저의 모든 에너지를 환희에게 쏟았습니다. 그러자 전혀 변할 것 같지 않던 환희가 조금씩 변하기 시작하더니 유머 있고 창의적인 1학년이 되었습니다.

8년 후.

초등학교 6학년 졸업식 날, 졸업식장에 친엄마가 온다고 해서 가지 않으려고 했더니 환희가 와서 옆자리에 앉았다가 함께 나가 졸업장을 받고 사진을 같이 찍었으면 좋겠다고 합니다. 지난 8년이 주마등처럼 스치며 눈물이 났습니다. 그리고 잘 자라준 환희가 고마웠습니다.

초등학교 4학년 때 일입니다. 체육시간에 선생님 말씀을 듣지 않아 훈육하는데 환희가 말을 듣지 않고 발로 선생님을 걷어차자 선생님은 교권침해로 문제 삼겠다고 했습니다. 캠프 진행하는 일로 밖에 나와 있던 저는 부랴부랴 학교로 갔습니다. 선생님은 환희의 문제점을 하나하나 들추어내다 못해 반 아이들의 문제점을 말씀하셨습니다.

듣다못해 저는 선생님의 역할이 뭐냐고 물었습니다. 선생님은 아이들의 단점만을 보고 말씀하시는데 혹시 장점을 보려고 노력해본 적은 있느냐고 항변했습니다. 단점만을 보고 아이를 규정하지 마시고 장점을 보고 칭찬하고 격려하며 밝은 아이로 성장하도록 하는 것이 선생님의 역할 아니겠느냐, 그러니 앞으로는 아이들마다의 장점을 보셨으면 좋겠다고 했습니다. 환희는 제가 집에서 엄하게 훈육하여 다시는 이런 일이 발생하지 않도록 하겠다고 하고, 환희가 선생님께 한 행동이 무례하고 잘못된 것은 인정하지만 선생님 또한 다른 관점에서 환희를 비롯한 아이들을 바라보았으면 좋겠다고 했습니다. 그렇게 해서 그 일은 더 이상 확대되지 않고 마무리되었습니다.

환희는 그림 그리는 것에 천재적이고 창의적인 재능을 타고 난 아이입니다. 어린이집에 다니며 글씨도 못 읽고 어린이집에서 하는 활동이 재미없어 항상 혼자 따로 놀면서도 땅바닥이나 종이에 그림을 그리며 자기 세계에 빠졌습니다. 그때가 가장 행복해 보였습니다. 저는 환희의 그림 솜씨를 보며 그 재능을 발휘할 수 있는 기회를 주기 위해 미술학원에 보냈습니다. 그 결과 3학년 때는 이마트 환경사랑 그림 그리기 대회에서 지역 최우수상을 받았고, 6학년 때는 담임선생님 추천으로 과학경진대회도 나갔으며, 만화를 그려서 만든 작은 책을 저에게 선물로 주기도 했습니다.

그 환희가 초등학교 졸업과 함께 친엄마에게 갔습니다. 친엄마가 재혼해서 아기를 낳았는데 그 아기만 키울 수 없어 환희도 함께 키우겠다는 것이 이유입니다. 환경은 열악했습니다. 친엄마는 여전히 아이를 어떻게 양육해야 하는지 모르고, 그냥 먹이고 입히며 알아서 커주기를 바라는 것이 전부였습니다. 걱정했던 것이 현실이 되었습니다. 친엄마에게 돌아가고 일주일 만에 환희는 새아빠가 휘두른 폭력에 무자비하게 무너졌고, 결국 환희는 겉돌며 어긋나기 시작했습니다. 학교는 가방만 메고 왔다 갔다 하면서 즐거움은 몸에 문신과 피어싱을 하고 담배를 피우며 술 마시는 데서 찾았습니다. 지난 8년의 수고가 물거품이 되어 날아가는 데는 그리 오랜 시간이 걸리지 않았습니다.

친엄마에게 돌아간 후 환희가 문제 행동을 하고 다닌다는 소식은 간간이 들었지만 제 영역을 벗어난 환희에게 제가 해줄 수 있는 것은 아무것도 없었습니다. 어버이날이나 생일 또는 연말에 메시지를 보내오면 아무것도 모르는 척 일상적인 이야기를 나누었습니다. 그날은 만 원짜리 문화상품권과 함께 생신 축하드린다는 메시지가 왔습니다. '생일? 뜬금없이 무슨 생일이지?' 하고 보니 제 주민등록상 생일이 3월 11일이라 메신저에서 생일 알림이 뜨자 환희가 선물을 보낸 것입니다.

저는 가볍게 '무슨 선물을 보내느냐, 너는 요즈음 어떻게 지내느냐'는 안부를 물었습니다. 그런데 환희의 대답은 평소와 달랐습니다. 느낌이 이상해 전화를 했더니 아무것도 하기 싫고 무엇을 어떻게 해야 할지도 모르겠다고 합니다. 엄마와 같이 살기 싫어 아르바이트한 돈으로 방을 얻어 나왔는데 친구들이 와서 술 마시고 떠들어서 번번이 경찰에 신고당하는데도 오지 말라는 말도 못하겠다고 말하는 환희의 음성은 떨리고 있었습니다. 이러다 극단적인 선택을 하는 것 아닌가 싶어 내가 도와줄 테니 아무것도 하지 말라고 신신당부하고 친어머니와 통화를 했습니다. 어머니의 하소연은 20분이 넘게 이어졌습니다. 할 수 없이 말을 끊고 제가 환희를 다시 도와줄 테니 어머니도 협조해달라고 하고 관계기관 담당자들과 상의해서 환희를 다시 '즐거운 집'으로 데려왔습니다.

친엄마에게 간 지 3년 만입니다. 환희는 많이 변해 있었습니다. 당당하고 유머 있던 모습은 간곳없고 구부정한 허리에 허름한 옷차림, 저를 마주 보지 못하는 의욕 없는 눈빛이 그동안의 시간이 어떠했음을 말해주고 있었습니다. 저는 "우리 초심으로 돌아가 다시 시작해보자"고 했습니다.

방향을 틀어야 했습니다. 환희도 방향을 바꿔 공부도 하고 대학도 가겠다고 했습니다. 기회는 좋았습니다. 환희가 다시 오고 한 달 만에 '한라산 정상을 밟자'는 주제로 가족여행을 했는데, 환희는 한라산 정상에 오름으로써 정상에 오른다는 것이 어떤 것인가를 몸으로 느꼈습니다. 이어서 휴대폰 없이 한 달 살기를 하며 습관을 바꾸는 '습관 기숙 학원'에 입소해 한 달을 잘 견디어냈습니다. 그렇게 새로운 삶으로의 길이 순탄하게 이어지는 줄 알았습니다.

문제는 지역축제 한마당에서 옛 친구들을 만나면서 시작되었습니다. 다른 사람 차를 몰래 훔쳐 무면허 음주 운전을 하더니 연락도 안 받고 집에도 안 들어왔습니다. 계속 연락을 안 받으면 가출신고를 할 수밖에 없다는 저의 협박에 '죄송하다'는 답이 왔습니다. 무슨 일이냐고 했더니 미안해서 도저히 저에게 올 수 없고, 다시 친엄마 집으로 가서 자유롭게 살고 싶다고 했습니다. 성공하는 것도 싫고, 부자가 되는 것도 싫고, 그냥 편하고 자유롭게 살고 싶을 뿐이라고 했습니다.

그때 인간은 타인에 의해 바뀔 수 없다는 것을 알았습니다.
스스로 깨닫고 돌이키지 않으면 아무리 누군가가 설득해도 그저 주어진 삶의 수레바퀴를 돌리며 살게 되는 것 같습니다. 어떻게 사느냐는 순전히 그 사람의 선택이고 선택의 결과에 대한 책임도 그 사람이 지게 될 것입니다. 환희가 폭력으로 고통받으며 불신의 벽을 쌓아간 지난 3년의 시간을 삭제하고 싶지만, 삭제할 수가 없습니다. 시간은 인간의 힘으로 삭제할 수 있는 영역이 아니고, 시간이 삭제되는 순간 세상의 삶도 막을 내리게 됩니다. 환희는 지금 가지 않았으면 좋겠다고 간절히 바라는 길을 가고 있습니다. 이제 환희가 가던 길을 멈추고 방향을 돌이킬 수 있도록 하는 것은, 저의 영역이 아닙니다. 인간의 영역을 벗어난 일을 만났을 때 우리는 신의 도움을 바라며 기도합니다. 저도 환희가 다른 사람을 해치지 않고 자기 삶을 잘 살아내기를 기도할 뿐입니다.

지옥에서 건져 올린
200만 원

　미미는 중학교에 입학한 지 한 달 만에 학교가 지옥이라 했습니다. 초등학교 다닐 때 특별히 문제가 있었던 미미가 아닙니다. 오히려 학급 반장을 했고, 6학년 때는 전교 회장에 출마하여 친구들과 함께 선거 피켓을 만들어 등교하는 학생들에게 자신을 홍보하기도 했던 예쁘고 사랑스럽고 귀여운 아이입니다. 그런 미미가 중학교에 입학하고 한 달 만에 학교가 지옥이라고 등교를 거부했습니다.

　무엇이 학교를 지옥으로 느끼게 했는지 알아야 했습니다. 시작은 스커트에 스타킹을 신고 하얀 셔츠를 입어야 하는 교복부터가 걸림돌이었습니다. 미미가 어린이집에 다닐 때 유아

성추행 사건이 사회면을 장식하면서, 저는 인형처럼 예쁘게 생긴 미미가 혹시라도 성추행을 당하지 않을까 두려운 마음에 허름한 바지만 입혔습니다. 미미는 조금 더럽혀도 괜찮은 바지를 입고 마음껏 킥보드와 자전거와 인라인을 탔고, 넘어지고 깨지며 즐거운 유년기를 보냈습니다. 그렇게 자유분방하게 키운 것이 1차적인 저의 책임이었습니다.

중학교에 입학하자마자 상황은 완전히 달라졌습니다. 모두가 똑같이 입어야 하는 교복은 미미에게 족쇄처럼 느껴졌고 아침마다 학교에 가는 것이 곤혹스러웠습니다. 그 불편함을 감수하며 학교에 겨우 왔다 갔다 하는데 한 달도 안 되어 담임선생님은 중간고사 시험을 준비하라고 했습니다. 그리고 중간고사 성적 80점 미만은 몽둥이로 맞을 각오를 하라는 담임선생님 말씀은 미미의 학교 가기 싫음에 기름을 부었습니다. 극도로 예민한 성정의 미미에게 체벌을 하겠다는 말은 당장 체벌을 하는 것보다 열 배는 더 큰 공포였습니다. 체육을 담당하는 담임선생님은 미미의 예민함을 알 리가 없고 운동을 하는 아이들의 경우 어느 정도의 체벌은 대수롭지 않게 여겼을지도 모릅니다.

자기 생각을 거침없이 말하는 것이 허용되는 문화에서 성장한 미미는 담임선생님께 항의했습니다. 입학한 지 한 달도 되지 않았는데 벌써부터 성적 가지고 몽둥이로 때리겠다고 겁을 주는 것은 잘못된 것 아니냐고요. 이를 당돌하게 여긴 선생님은 미미에게 지금까지 들어보지 못한 난폭한 언어를 사용했고, 이에 충격을 받은 미미는 학교가 지옥처럼 느껴졌습니다. 이런 소문은 삽시간에 학교 전체로 퍼졌고, 학생들이 등교하는 미미를 보면 슬금슬금 피하는 상황에 직면하자 미미는 급기야 지옥 같은 학교에 가지 않겠다고 등교를 거부했습니다. 저는 선생님을 찾아가 미미의 성장배경을 말씀드리고 용서를 구하며 한 번 더 기회를 달라고 했지만 받아들여지지 않았습니다.

미미는 그렇게 학교 밖 아이가 되었습니다.

한 번도 상상해보지 않은 일이 현실이 되어 눈앞에 펼쳐졌는데 무엇을 어떻게 해야 할지 몰라 숨을 쉴 수가 없었습니다. 주변에서는 미미를 볼 때마다 왜 학교에 안 갔냐고 묻고, 미미는 그 말이 듣기 싫어 급기야 사람과 마주치는 것을 거부하고 방에 틀어박혀 있는 날이 많아졌습니다. 밥도 잘 못 먹고 깜짝깜짝 놀라며 두려움에 떠는 미미를 살려야 했습니다.

저는 무조건 미미 편이 되어주기로 했습니다. 외부 활동을 모두 중단하고 동네에서 떨어진 버섯농장 관리사에서 생활하며 미미 곁에 있어주는 것 말고 제가 할 수 있는 일은 아무것도 없었습니다. 저와의 소통 통로마저 막힐까봐 두려워, 저는 어쩌다 미미가 도움을 요청하면 아무것도 묻지 않고 도와주는 도우미로 살아야 했습니다. 문제는 제 안에서 불쑥불쑥 올라와 저의 통제선 밖으로 튀어나가려는 제 안의 분노를 다스리는 일이었습니다.

무조건 미미 편이 되겠다고 했으나 그것은 미미를 살리기 위한 선택이었을 뿐 미미의 모든 행동에 대한 동의는 아니었습니다. 다른 아이들이 학교에 가는 시간에 침대에서 뒹굴다 김치 담그는 달그락 소리에 눈 비비고 일어나 김치는 어떻게 담그는지, 뭘 넣어야 맛이 나는지 물어오는 미미에겐 솔직히 화가 났습니다. 그럴 때는 대충 대답을 해주고는 서둘러 호미를 들고 밭으로 나갑니다.

단순노동이 때로는 정신건강 치료약이 됩니다.

아무 생각 없이 풀을 뽑다 보면 엉킨 실타래처럼 뒤엉켜버린 생각이 하나둘 정리되어 출구를 찾아 나갑니다. 하지만 유효 기간은 딱 하루로, 다음 날 또 제 안의 분노를 다스리지 못해 호미를 들고 텃밭으로 가야 합니다. 뽑아도 뽑아도 계속 돋아나는 잡초처럼 제 안의 분노는 계속 올라오고 그때마다 저를 다스리기 위해 풀과 씨름했습니다.

그러기를 1년, 미미가 버스를 타고 시내에 가서 필요한 물건을 사올 수 있는 정도가 되었을 때 학생증 대신 청소년증을 만들어주었습니다. 그런데 버스에 승차해서 청소년증을 내민 미미에게 기사님은 학생증이 아니면 일반요금을 내라고 했습니다. 미미는 학생증 대신 사용하는 신분증이라고 학생 요금을 내겠다고 했는데 기사님은 학생증 없으면 일반요금 내라는데 뭔 말이 많으냐고 고함을 쳐서 미미는 다시 한 번 상처를 받고 말았습니다. 청소년 할인을 받기 위해 만든 청소년증인데 버스에서는 무용지물이었으니, 미미의 어른들에 대한 믿음은 다시 깊이를 알 수 없는 나락으로 떨어졌습니다.

집에 온 미미는 청소년증을 내동댕이치며 이런 것을 만들어서 또 망신당하게 하느냐고 화를 내고는 문을 꽝 닫고 방으로 들어갔습니다. 주부 모니터단으로 활동했던 저는 법에도 명시되어 있고 동사무소에서 발급해주는 신분증임에도 불구하고 현장에서 사용할 수 없다는 것이 말이 안 된다고 생각했고 국민제안을 했습니다. 그 제안이 연말 최우수 국민제안으로 뽑혀 부상 200만 원과 함께 대통령상을 받았습니다. 청와대가 아닌 광화문 정부 청사에서 진행된 시상식에 미미와 함께 갔습니다. 지옥에서 건져 올린 200만 원은 미미에게 희망의 디딤돌이 되어 움츠렸던 가슴을 펴는 계기가 되었습니다.

우리는 학교 밖으로 나온 청소년들을 문제아로 낙인찍습니다. 그리고 혹시 내 아이가 학교 밖 아이들과 어울리며 문제를 일으킬까 두려워 접근금지 명령을 내리고 그들을 감시합니다.

시대는 변해 챗GPT와 대화하는 세상에서 우리 의식은 여전히 정형화된 학교 교육에 머물러 있고, 공부 잘해서 좋은 대학 가고 좋은 대학 졸업해서 전문직을 갖거나 대기업에 입사하는 것, 그것이 공부하는 이유이고 성공비결이라는 공식에 사로잡혀 있습니다.

당신도 여전히 학교 공부만이 절대적이라고 생각하고 아이를 몰아붙이지는 않나요? 혹시 내 아이가 가방만 들고 다람쥐 쳇바퀴 돌듯 학교를 왔다 갔다 하지는 않는지, 그럼에도 불구하고 학교에 보내는 것으로 부모 책임을 다했다고 생각하는 것은 아닌지 돌아볼 필요가 있습니다. 미미처럼 자기주장이나 감정을 당당하게 표현하는 아이들이 많지 않기 때문에 그렇습니다. 《역행자》의 저자 자청은 자의식을 해체해야 미래가 보인다고 말합니다. 의식이 변하지 않는 한 아무리 시대가 변하고 챗GPT가 세상을 누빈다고 해도 우리의 삶은 변하지 않습니다. 그러니 당신도 지금 어떤 의식으로 세상과 소통하는지 한 번 성찰하는 시간을 가져보지 않으시겠습니까?

✓ 현행제도

초등학생은 물론 청소년들도 버스를 타고 지불하는 요금이 할인이 됩니다. 청소년들이 사용하는 충전용 교통카드가 있지만 그 카드가 없어도 학생이라고 인정되면 할인을 해줍니다.

학생들이 교복을 입지 않았을 경우, 운전기사님이 신분확인을 위해 학생증 제시를 요구하기도 합니다. 그런데 요즈음에는 홈스쿨을 하는 가정이 늘면서 학생증이 없는 청소년들이 많이 있습니다. 그런 아이들의 신분을 확인해주기 위해 정부에서는 동사무소나 면사무소를 통해 청소년증이라는 신분증을 발급하고 있습니다. 그렇다면 청소년증도 학생증과 똑같은 효력을 발휘할 수 있어야 한다고 생각합니다.

✓ 문제점

그런데 운전기사님은 청소년증을 인정할 수 없다고 성인요금을 받습니다. 청소년증을 보고도 성인요금을 받는다는 것은 공공

기관에서 청소년들의 신분확인을 위해 청소년증을 발급하면서
그 청소년증이 사용되는 기관에 대한 홍보를 등한시했기 때문
입니다.

✓ 개선내용 및 기대효과

학교생활에 적응하기 힘들거나 혹은 너무 월등해서 홈스쿨을 하
는 경우도 있지만, 요즈음에는 소신을 가지고 홈스쿨을 하는 아
이들이 늘어나고 있습니다. 그 아이들에게도 학교에 다니는 아이
들과 같은 사회적 혜택을 받을 수 있도록 해야 한다고 봅니다. 시
외버스나 시내버스를 운행하는 회사에 공문을 보내서 청소년증
을 소지한 청소년들의 버스요금 할인이 이루어지도록 했으면 좋
겠습니다. 그렇게 되었을 때 홈스쿨을 하거나 혹은 다른 사정으
로 잠시 학업을 중단한 아이들도 사회에서 청소년으로 인정받고
대우받음으로써 자존감에 상처를 받지 않고 바르게 성장할 수
있으리라 기대합니다.

오늘도
웃는 아이

웃는 모습은 보는 사람도 행복하게 합니다. 행복해서 웃는 것이 아니라 웃으니까 행복해진다는 말처럼 웃음은 곧 행복이라고 하는데, 제가 보고 느끼는 웃음은 모두 행복이 아니었습니다. 박장대소나 함박웃음같이 보는 사람으로 하여금 웃음이 절로 나게 하는 행복한 웃음이 있는가 하면 어처구니가 없어 웃는 헛웃음, 상대방을 업신여기는 비웃음, 씁쓸하게 웃는 쓴웃음 등 상황에 따라 웃음으로 자신의 화남이나 행복하지 않음을 말하기도 하기 때문입니다. 어른들의 웃음이 그렇다는 이야기이고, 아이들의 웃음은 순간의 행복을 포장하지 않고 표현하는 몸의 언어입니다.

아이들은 순간의 기쁨을 잘 포착해서 누리고 포장하지 않은 웃음으로 말합니다.

'즐거운 집'에 오는 아이들은 어른들 시각으로 보면 전혀 행복할 수 없는 환경의 아이들입니다. 부모와 분리되어 생면부지 아줌마와 함께 낯선 환경에서 살아야 하는 슬픈 아이들입니다. 일반 가정과 동일한 환경이기는 하나 7형제가 함께 살다 보니 응석을 부릴 수도 없고, 자기만이 사랑을 독차지할 수도 없으며, 일정한 규칙을 지켜야 하고, 양보하고 이해하며 살아야 합니다. 함께 방을 사용해야 하고 먹고 싶은 것, 입고 싶은 옷, 하고 싶은 것, 갖고 싶은 것, 이 모든 것들에 조금의 제한이 걸리기도 합니다.

그런 환경에서도 아이들의 웃음소리가 담을 넘습니다. 사탕 하나에도 세상을 얻은 것 같은 기쁨을 느끼고 몸으로 표현하는 아이들을 바라보고 있으면 저도 웃음이 절로 나오고 행복해집니다. 자기를 바라보며 웃는 저의 모습을 보고 아이들은 신이 나서 뱅글뱅글 돌기도 하고 껑충껑충 뛰기도 하며 더욱 큰소리로 웃습니다.

그러나 영우의 웃음은 때로 저를 안타깝게 합니다.

영우는 지적장애 중증입니다. 이해가 필요한 말은 알아듣지 못하고 엉뚱한 행동을 하기도 합니다. 두 살 아래 준이는 놀이를 하다 말을 알아듣지 못하는 형을 답답해하며 한두 번 설명해주다 안 되면 주먹을 날립니다. 그런 상황에서는 울거나, 화를 내거나, 때리지 말라고 소리를 질러야 하는데 영우는 웃습니다. 그 모습이 준이를 더 화나게 해서 소리를 지르며 이번에는 웃지 말라고 때립니다.

영우에게 준이가 때리면(툭 치는 정도라도) 웃지 말고 화를 내야 한다고 가르치고, 준이에게는 형이 말을 잘 못 알아들으니 천천히 그리고 자세하게 알려주어야지 주먹으로 때리면 안 된다고 가르칩니다. 그렇게 몇 번 가르쳐서 알아듣고 행동이 바뀐다면 얼마나 좋을까요? 수십 번을 가르쳐도 여전히 준이는 때리고 영우는 웃습니다.

아이들이 기다리는 것을 못하고 보챌 때 '아기를 보려면 엄마가 올 때까지 봐야 한다'고 말하며 끝까지 기다리라고 했는데, 지금은 저에게 말합니다. 영우와 준이가 바뀔 때까지 영우에겐 준이가 때리면 '때리지 마'라고 화나는 목소리로 말하는 것을 따라 하도록 하고, 준이에겐 어떤 상황에서도 때리면 안 된다고 가르쳐야 합니다.

오래전 웃음치료 강의를 듣고 집에 와서 거울을 보고 웃는 연습을 한 적이 있습니다. 제가 저의 웃는 모습을 보니 참 낯설고 어색했습니다. 밝게 웃는다고 웃는데도 얼굴 근육은 갑작스러운 웃음에 경련을 일으키고 자연스럽지 못한 웃음은 저를 쓸쓸하게 했습니다. 여자의 웃음소리가 담을 넘어가면 안 된다는 교육을 받으며 성장한 저는 영우처럼 박장대소를 해보지 못했습니다. 기뻐도 큰소리로 웃지 못하고 슬퍼도 마음껏 울지도 못했으며 화가 나도 소리 질러 화났음을 표현하지도 못했습니다.

웃음은 감정표현 중 하나입니다. 큰소리로 활짝 웃지 못하는 사람은 화남, 슬픔, 외로움, 괴로움, 쓸쓸함, 고독함 등등의 감정을 겉으로 드러내 표현하지 못하고 안으로 삼킵니다. 그렇게 삼켜버린 화남과 슬픔과 외로움과 괴로움은 자기 몸을 상하게 합니다. 건강을 위해서라도 밖으로 표현해서 날려버려야 하는데, 상황에 따른 적절한 표현 방법을 갖지 못하는 사람이 많습니다.

사실 영우의 웃음은 때로 감정표현이 아닌 상황을 인지하지 못한 웃음입니다. 웃어야 하는 상황인지, 화를 내야 하는 상황인지, 침묵해야 하는 상황인지를 구별할 수만 있다면 참 좋겠습니다. 의사 선생님이 가능성이 없다고는 하지 않았으니 아마도 만 번쯤 반복하면 바뀔지도 모르겠습니다.

그런데 저는 영우보다 더한 감정표현의 미숙아입니다. 그래도 순간의 기쁨을 포착해서 느껴지는 감정 그대로를 표현하는 아이들을 보며 조금씩 배워가는 중입니다.

22

너희는 형제가
왜 성이 달라?

가족이라고 하면 엄마, 아빠, 언니, 동생, 형, 오빠, 할머니, 할아버지가 떠오르던 가정 형태는 옛말이 되었습니다. 요즈음은 한부모 가정부터 1인 가구까지 다양한 형태의 가정이 존재하고, 가족 또한 피를 나눈 부모 형제만이 아닌 입양을 하거나 이혼하고 재혼하여 새롭게 구성한 가족도 있습니다. 입사할 때 특별히 가족관계가 입사 제한 조건이 아닌 이상 가족관계 증명서를 제출하지 않고, 학교에서도 가정 조사서에 가족관계를 기록하지 않아도 아동을 책임지고 양육하는 주 양육자만 명기하면 더 이상 묻지 않습니다.

그런데 이런 시대적인 흐름이 멈춘 가정이 있습니다. 세상

변화에 눈을 감고 흐름을 거부하는 사람들은 여전히 아는 사람이 몇 평 아파트에 살고 있으며 어떤 직업에 종사하는지, 무엇을 먹고 어떤 옷을 입는지, 누구와 관계 맺으며 사는지에 대하여 민감하게 반응하고 그 반응은 고스란히 아이들에게 영향을 미칩니다.

　슬기가 4학년 때 친구를 집으로 데려왔습니다. 슬기가 사는 집은 전원주택으로 마당이 있고 화단과 텃밭이 있으며 집 앞에 시내가 흐르는 전형적인 시골 마을 집입니다. 도시 한복판에 있는 아파트와 다르게 편의시설도 없고 차도 많이 다니지 않습니다. 아파트에 산다는 튼튼하고 야무지게 보이는 친구는 자기가 사는 곳과는 너무나 다른 집을 신기하게 바라보며 마치 호구 조사를 하는 사람처럼 집안 이곳저곳을 돌아다녔습니다. 가구와 책장과 장난감 종류를 살펴보더니 대뜸 몇 평이냐고 물었습니다. 몇 평이라는 말의 의미를 모르는 슬기는 모른다고 했습니다. 거기까지는 좋았습니다.
　떡볶이를 만들어 간식으로 차려주었는데 간식을 먹을 생각은 하지 않고 여전히 눈은 집안 곳곳을 살피며, 그런데 너희는 형제가 왜 성이 다르냐고 물었습니다. 슬기와 함께 사는 형제들은 김, 이, 선, 송, 박 등 각기 성이 다릅니다. 전교생이 100명이 안 되는 시골 학교에 다니다 보니 선생님들은 물론 학생들도 누가 누구와 같은 집에 사는지 모두 알고 있습니다. 슬기 친구도 성이 다른 형제가 같은 집에 살고 형, 동생 하는 것이 이상했었나 봅니다. 아이들에게는 궁금할 수 있으나 슬기 입장에서는 대답하기 곤란한, 말하고 싶지 않은 질문입니다.

저는 당황하여 머뭇거리는 슬기를 대신하여 "슬기네 집은 성이 다른 아이들이 모여 가족으로 살아가는 특별한 가정이야. 슬기를 낳아준 엄마 아빠가 잘 돌볼 수 없어 나에게 슬기를 잘 돌봐달라고 부탁했고 나는 슬기를 가르치고 돌봐주는 엄마이지. 그러니까 보통은 엄마가 한 명이지만 슬기는 낳아준 엄마와 잘 키워주는 엄마가 따로 있는 거야"라고 알려주고, 친구더러 슬기와 놀러 왔는지 아니면 슬기네 집을 조사하러 왔는지 물었습니다. 슬기 친구는 놀러 왔다고 답했고, 그래서 그럼 즐겁게 놀다 가라고 했으나 씁쓸한 느낌은 지울 수가 없었습니다.

우리는 타인의 삶에 관심이 많습니다. 대도시 아파트에서는 앞집에 누가 사는지도 모른다지만 아직도 시골에서는 옆집에 사는 사람의 경제적 능력은 얼마나 되는지, 사회적 지위는 어느 정도인지, 초혼인지 재혼인지, 아이는 몇 명이나 되는지 등 궁금하고 알고 싶은 것들이 많습니다. 그리고 그 소문은 온 동네에 퍼집니다.

전남편 혹은 전처와 낳은 자녀를 두고 재혼한 경우, 아이들의 성이 다르고 등본에도 동거인으로 기록됩니다. 이때 학교에 등본을 제출해야 하는 경우, 신경이 쓰이지 않을 수 없습니다. 그런 경우, 민법에 의한 친양자 입양을 하면 재혼한 남편의 성으로 바꿀 수 있는데, 전남편이 동의하지 않거나 아이가 거부하는 경우에는 바꾸기 어렵습니다. 엄마의 성으로 바꿀 수도 있으나 이 또한 마찬가지입니다.

2022년 혼인 건수는 19만 2천 건이고, 이혼은 9만 3천 건으로 혼인 건수 대비 이혼 건수는 48%로 절반에 가깝습니다. 내가 혹은 내 형제나 자녀가 이혼 가정이 될 수 있다는 이야기입니다. 이런 경우, 솔직하게 아이들에게 이야기하고 우리 가족은 특별한 가족이라고 이야기해주면 좋겠습니다. 일부러 드러낼 필요는 없지만 부끄럽거나 감추어야 하는 일이 아닙니다. 누구라도 그런 상황을 만날 수 있고 어쩌다 보니 내가 그런 상황을 만났을 뿐입니다.

저의 당당한 말투에 슬기 친구는 더 묻지 않고 슬기와 함께 마당에서 놀다 갔습니다.

《즐거운 나의 집》이라는 소설로 잘 알려진 공지영 작가는 세 번 결혼했고 세 번 이혼했으며 한 번 결혼에 한 자녀씩을 두어 성이 다른 세 자녀를 양육했습니다. 사회적으로 인정받는 작가였으나 호불호가 갈려 비난과 지탄도 무수히 받았으나 당당하게 세 자녀를 키우며 소설을 썼습니다. 0.1%라도 부끄러워하거나 감추려고 하면 아이들은 용케도 그 감정을 느끼고 더욱 자신감을 상실하고 움츠러듭니다.

공지영 작가가 그랬듯이 지금 나의 삶이 어떠한 '다름'을 갖고 있더라도 당당할 필요가 있습니다.

삶이란 보여주기 위한 것이 아닌, 나와 내 가족의 행복을 찾아가는 여정이니까요.

23

겹쳐지지
않는 환이

환이는 참 많이 울었습니다. 보통 아기가 태어나 밤과 낮이 바뀌고 뭔가 불편하면 말로 표현할 수 없으니 울음으로 말하는데, 그 울음이 다섯 살이 넘도록 계속되었습니다. 한번 울기 시작하면 안아주고 업어주고 달래주어도 환이는 아이 자신도, 저도 지칠 때까지 울었습니다. 저는 과연 환이를 키울 수 있을까, 차라리 이쯤에서 끝내버리는 것이 환이에게도 저에게도 좋지 않을까 하는 생각을 여러 번 했습니다.

한여름에 같이 차를 타고 가다 환이가 갑자기 "왜 이렇게 덥지?" 합니다. 달리는 차는 창문을 열어놓아 시원한 바람이 상쾌하게까지 느껴지는데 환이는 계속해서 손부채질을 하며 덥다고 합니다. 저는 시원한 물을 건네고는, 그럼 물을 마시라고 하며 창밖을 보니 구멍가게를 지나고 있습니다. 구멍가게를 지나쳐 달리는 순간 환이는 화를 내며 아이스크림 먹고 싶다고, 그런 말도 못 알아듣냐고 합니다. 저는 덥다고 하는 말을 '아이스크림 먹고 싶다'로 해석하지 못합니다. 사사건건 환이는 에둘러 말하고 저는 그것을 액면 그대로의 말로 해석합니다. 그렇다 보니 대화가 안 되고, 공연히 대화를 하려고 했다가 언성을 높여 야단을 치게 됩니다.

환이 나이 네 살, 제가 암으로 수술하러 갈 때 화장실도 업고 가야 하는 환이에게 엄마가 병원에 입원하기 때문에 환이와 함께 집에 있을 수 없다고 얘기하면 너무 힘들어할 것 같아 아무 말도 하지 않고 갔습니다. 아이 입장에서는 어느 날 갑자기 엄마가 증발해버린 것으로 씻을 수 없는 충격을 준 것이지요. 나중에 후회하고 또 후회했지만 이미 지나버린 시간을 되돌릴 수는 없었습니다.

다섯 살 때 환이가 탈장되어 수술하게 되었는데 불안한 환이는 저와 떨어지려고 하지 않았습니다. 저는 환이가 마취될 때까지 곁에 있어주면 안 되냐고 했지만 받아들여지지 않았고, 간호사님은 불안해하는 환이를 곧장 수술실로 데리고 들어갔습니다. 환이는 자지러지게 울었고 그 울음소리는 서서히 잦아들었습니다. 그런데 훗날 상담치료를 할 때서야 그때의 충격이 죽음과도 맞먹는 충격이라는 것을 알았습니다. 이런 사건들이 환이를 힘들게 하고 예민하게 해서 저와 다른 아이로 살아갈 수밖에 없다는 것, 이렇게 지금의 상황을 합리화할 수만은 없습니다. 그렇게 환이와의 힘들고 더딘 하루, 또 하루가 갔습니다.

도대체 무엇이 문제였을까요?

너무 답답하여 상담학 교수님께 상담을 했습니다. 교수님은 힘들겠지만 환이를 잘 키우면 자기 몫을 충분히 할 테니 견뎌보라고 했습니다. 그냥 견디기에는 한계가 있어 공유하는 무엇을 찾아다니다 MBTI를 만났습니다. 검사결과 환이는 ESFP이고, 저는 INTJ였습니다. 겹쳐지는 것이 하나도 없으니 서로의 말을 이해할 수 없고 받아들이기 힘들었던 것은 아닐까 싶었습니다.

ESFP인 환이의 특징을 보니 이렇습니다.

서프라이즈와 깜짝 파티를 좋아하며 사교성이 좋고 집에 오래 있으면 무기력을 느낀다고 합니다. 또한 정이 많고 건망증이 심하며 고집이 세기는 하나 다른 이들을 위로하고 용기를 북돋아주는 데 타의 추종을 불허할 만큼 시간과 에너지를 소비한다는 설명에, 어쩌면 이렇게 환이를 잘 묘사했을까 싶었습니다.

반면 INTJ는 따뜻한 얼음이라고 명명했습니다. MBTI를 알기 전부터 저는 스스로가 차가운 사랑을 한다고 생각했는데, 마치 저의 성향을 잘 알고 표현한 말 같습니다.

INTJ의 성향은 이렇습니다.

분석력이 아주 좋은 문제 해결사로, 혁신적인 아이디어를 제시하여 문제 상황을 개선하고자 하며 논리적인 추론과 복잡한 문제 해결을 좋아합니다. 독립적이고 이성적이며 외로움을 잘 타지 않고 자신의 감정에 휘둘리지 않으며 공과 사를 정확하게 구분하고 자기 얘기를 남에게 잘 하지 않는다는 설명에, 저보다 저를 더 잘 아는 것 같아 웃음이 나왔습니다. 혼자만의 시간을 중요시하기 때문에 연인으로 만나더라도 독립 공간을 존중해줄 것을 제안하는 내용에서는 무릎을 쳤습니다. MBTI 기질에 대한 설명을 듣고 한 것은 아니지만, 저는 저만의 공간과 시간을 확보하기 위해 노력했고, 지금은 '즐거운 집' 골방이라는 작은 공간 안에 있으면서 편안함을 느끼고 있습니다.

환이의 성향을 알고 나니 환이와 저의 관계가 왜 그렇게 힘들었는지 조금은 이해가 되었습니다. 성인이 된 지금도 환이와 저는 겹치지 않습니다. 저의 일하는 모토는 '쉽고 가볍게'인데 환이는 '복잡하고 어렵게'가 아닐까 의심될 정도로, 한가지 음식을 만들어도 뚝딱뚝딱 만들어내는 저와는 완전히 다르게 환이는 여러 단계를 거치며 장식까지 완벽하게 합니다. 처음 더하기 빼기를 배울 때도 +표시가 뭐냐고, 왜 그렇게 하냐고 해서 이것은 사람들이 합의한 기호이고 두 모둠을 하나로 모은다는 뜻을 가지고 있다고 했지만, 환이는 그러니까 그걸 왜 만들었냐고 물었습니다. 제 입장에서는 공부 하기 싫어서 따지는 것으로 느꼈지만, 환이는 본질을 알고 싶은 질문이었다고 말합니다.

나와 겹쳐지지 않는 아이를 양육하는 것은 너무나 어렵습니다. 그렇다고 포기할 수 없는 것이 자녀입니다. 그런 아이는 왜 그러냐고 비난하고 정죄하면 답이 없습니다. 그냥 '그런 성향이구나'라고 이해하고 지켜보며, 유아기에 아무리 떼쓰고 보채더라도 옳음과 그름에 대하여 확실하게 구별할 수 있도록 가르친다면 아이는 자기 몫의 삶을 잘 살아내지 않을까 싶습니다.

힘들겠지만 잘 키우면 자기 몫의 삶을 잘 살아낼 것이라는 교수님의 말씀처럼 환이는 스스로를 책임지며 잘 살아가고 있습니다. 이제는 성인이 되어 저도 환이도 서로의 성향을 이해하고 포용하려고 노력합니다.

겹쳐지지 않는 자녀를 양육하며 힘들게 하루하루를 살아내는 분들에게 위로의 마음을 전합니다.

24

친구 사이의
조건

    엄마 치마꼬리를 붙잡고 다니던 아이가 아동기에 접어들면 엄마보다 친구와 노는 것이 더 재미있습니다. 아이들에 따라 그 시기가 조금 빠르거나 늦을 수는 있지만 우리는 모두 부모 곁을 떠나 타인과 사회적 관계를 맺으며 살아가게 됩니다. 그런데 요즈음에는 사회적 관계를 만들어가는 것의 시작이기도 한 친구 사이가 생각보다 끈끈하지 않습니다. 죽고 못 사는 한두 명의 친구보다 느슨한 연대를 이루는 천 명의 친구가 내 삶의 질을 향상하고 나의 가치를 증명하기도 합니다.

    포항에서 대학에 다니는 지니가 기차에서 친구를 만나 세 시간 동안 이야기를 하며 왔다는 말에, 그 친구가 어느 대학 무슨 과 몇 학년인지, 어디 사는지, 나이는 몇 살인지 물었다 혼쭐이 났습니다. 친구를 사귀는데 그런 것을 왜 알아야 하느냐는 것이었습니다. 취미가 같으면 친구가 되는 것이지 그것이 뭐가 그렇게 중요하냐고 되물었습니다. 어디 사는지, 몇 살인지, 어느 대학에서 무엇을 전공하는지, 몇 학년인지 아무것도 묻지 않고 친구가 되고, 몇 년을 사귀어도 사생활과 관련된 질문을 하지 않는 것이 예의라고 합니다. 그렇게 친구로 지내다 관심의 방향이 달라지면 '그래 안녕' 하고 헤어지는 것이 요즘 아이들의 친구 관계라니 이해가 되지 않습니다.

　제가 유년시절에는 친구를 집에 데려오면 부모님은 어디 사는지부터 시작해 아버지는 무슨 일을 하시는지까지 호구 조사를 하듯 속속들이 물어보셨습니다. 그것이 당연한 줄 알았습니다. 적어도 내 아이가 만나는 친구가 어떤 집안의 자녀인지, 친구 사이가 되면 내 아이에게 좋은 영향을 미칠지 어떨지 가늠해보는 것이 엄마 역할이라고 생각했습니다. 그런데 MZ세대인 지니는 그런 저의 행동을 이해하지 못하고 도리어 화를 냈습니다. 그렇다면 MZ세대는 어떻게 친구를 사귀는지 궁금해서 조금 더 자세하게 이야기해달라고 했습니다.

　MZ세대에게 친구는 소외감과 삶의 질 개선에 중요한 역할을 하는데, 같은 반에서 공부하는 친구보다 소셜 미디어(SNS)를 통해 만난 사람들이 더 가깝기도 합니다. MZ세대에게 친구는 소통의 도구이며 자아실현의 동반자이고 일상 속의 조력자라고 했습니다. 거기에 나이나 경제적 상황이나 사회적 지위는 그다지 중요하지 않고, 다만 같은 취미와 목표를 가지고 동행하는 사람인가 여부가 친구의 조건이라 합니다. 제가 바라는 아이의 친구 개념과는 완전히 다릅니다.

생각해보니 저 또한 SNS를 하면서 블로그에서 이웃을 추가하고, 인스타에서는 팔로어를 하고, 페이스북에서 친구 추가를 하면서 그 사람의 나이나 직업, 사는 곳을 따지지 않습니다. 역시 관심이 같으면 친구가 되고 이웃이 되어 소통하는 것을 경험하고 있습니다. 그때 사용하는 것이 직함이나 이름이 아닌 닉네임입니다. 닉네임을 사용하면서 나이와 직업을 잊고 지금 현재 관심 있는 분야에 대한 정보와 지식을 얻으며 저의 영역을 확장해갈 수 있으니, 느슨한 연대의 역할을 고마워할 뿐입니다.

그럼에도 불구하고 SNS에서의 친구와 현실에서의 친구의 의미를 다르게 부여합니다. 유독 아이의 친구 관계를 점검하고 확인하려고 했던 것은 모든 친구를 검증되어 안심할 수 있는 친구의 범주로 제한하려고 했기 때문입니다. 사회가 복잡하고 혼란스러우며 각종 범죄가 난무하다 보니 내 아이가 잘

못된 길로 갈까봐 불안한 마음에 확인하고 싶은데 아이는 그것을 간섭이라 느끼며 거부합니다.

지니는 자기 친구들에 대하여 시시콜콜 말하지 않습니다. 지니의 성향이기도 하지만, 그동안 제가 꼬치꼬치 캐물었던 것이 지니가 친구들에 대하여 입을 다물게 했는지도 모릅니다. 친구 이야기뿐 아니라 지니는 자신의 모든 일상에 대하여 보호막을 치고 담을 높이 쌓았습니다. 지니와의 통로가 필요합니다.

그래서 주말 12시가 넘은 시간, 지니가 좋아하는 야식을 시켜놓고 지니와 마주 앉았습니다. 지니는 여전히 휴대폰을 들여다보고 있습니다. 식기 전에 먹으라고 하고 세상의 모든 평화를 머금은 따뜻한 미소로 지니를 바라봅니다. 오랫동안 바라보면 불편함을 느끼며 들어가버릴지도 모릅니다. 찰나의 순간에 보내는 미소가 지니의 가슴에 콕 박혀야 합니다. 그리고 마치 아무렇지도 않은 듯 그냥 너의 얘기를 듣고 싶어 야식을 준비했다고 말하고, 어떤 얘기를 해도 들을 준비가 되었는데 말하고 싶지 않으면 안 해도 된다고 합니다. 그냥 맛있게 먹는 지니의 모습을 바라보는 것만으로 행복하다고 말해줍니다.

사실 정기적으로 야식을 준비하고 마주하는 것에 대한 부담이 있습니다. 어느 날 불쑥 제가 기분이 좋은 하루였다거나, 조금 우울하다거나, 좋은 일이 있었다는 등 명분을 붙여 선물하듯 준비해야 합니다. 명분이 있는 이벤트 시간이 쌓이면서 지니의 마음이 조금씩 열리기 시작합니다. 지니가 풀어놓는 이야기보따리에 토를 달면 안 됩니다. 그냥 지니가 느끼는 감정에 추임새만 넣어주면 됩니다. 그때서야 비로소 지니와 저는 수평선에서 대화를 할 수 있게 되었습니다.

지니에게 친구는 일상 속의 조력자입니다. 일상에서 많은 문제와 어려움이 발생할 때 조언을 구하고 공감을 받을 수 있는 가장 소중한 존재입니다. 지니는 MZ세대입니다. 다양한 환경과 스타일을 받아들이고, 서로 존중하고 지지해주며, 자아실현을 추구해나가는 과정에서 매우 중요한 역할을 하는 소중한 친구의 모든 것을 알아야 한다는 필요성을 느끼지 않습니다. 그 친구의 가정사를 포함한 경제적 능력과 사회적 지위 등 모든 것을 알아야 할 이유가 없습니다.

혹 나는 내 자녀가 경제적, 사회적으로 인정받고 존중받는 집안의 자녀와 친구가 되기를 바라고 있지는 않나요?

그거, 너무 낡은 인식이랍니다.

25

속옷에 실례하는
중2라면

175cm 키에 90kg을 자랑하는 중2 남학생이 팬티에 변을 지린다면 어떻게 해야 할까요? 네 살 때 위탁해 키운 해나가 그랬습니다. 집에서는 그런 일이 없는데 학교에 가는 날 가끔 속옷에 대변을 묻혀 돌돌 말아 옷장 속에 넣어둔 것을 옷장을 정리하던 선생님이 발견하고 질겁해서 도망가는 상황이 벌어졌습니다.

무엇이 문제일까요?

해나에게 혹 실수를 했으면 벗어서 비닐에 넣어 꽁꽁 묶은 다음 쓰레기통에 버리면 좋겠다고 얘기하고, 왜 이런 일이 발생하는지 물었습니다. 해나는 집이 아닌 곳에서는 볼일을 볼 수가 없어 참고 또 참다가 그렇게 된다고 했습니다. 용기를 내서 한 번만 학교 화장실에 가보라고 했습니다만 중학교 2학년이 되도록 해결되지 않았습니다. 무엇이 문제인지 병원을 순회할 수도 있겠지만 저는 해나가 용기를 내어 학교 화장실에 갈 수 있기를 간절히 바랐습니다. 그리고 기다렸습니다.

심하게 야단을 치거나 비난하지 않고 엄마는 너의 어떤 모습이라도 받아줄 수 있지만, 그렇다고 지금 같은 상황까지 그냥 아무렇지도 않게 넘어갈 수는 없다고 말하고, 문제 생긴 속옷은 반드시 비닐에 싸서 쓰레기통에 버리라고 했습니다. 그러고도 일 년이 더 지나 중학교 3학년이 되면서 증상이 사라졌습니다. 어떻게 된 것인지 물어보니, 어느 날 학교에서 너무 배가 아파 할 수 없이 화장실에 가서 볼일을 보게 되었고, 그날 이후 학교 화장실이나 공중 화장실에 갈 수 있게 되었다고 했습니다.

우리는 일반적이지 않은 것을 못 견딥니다. 모난 돌이 정 맞는다는 말처럼 아이들 성장이 표준에 맞추어져야 하고, 발달 단계에 따라 과업을 수행해야 하며, 과업 수행이 늦어지면 혹시나 하고 의심하게 됩니다. 장애는 조기발견해서 치료하는 것이 맞지만, 해나처럼 일상생활에 문제가 없고 학교 공부도 잘 따라간다면 믿고 기다려주는 것도 하나의 방법이 아닐까 싶습니다.

세윤이는 일곱 살인데 연필을 바르게 쥐고 글씨를 잘 쓰지 못합니다. 글씨를 잘 쓰지 못하니 글씨 쓰는 연습을 하는 것에 굉장한 스트레스를 받습니다. 쓰기 싫어하고 짜증을 내며 왜 이런 것을 써야 하느냐, 컴퓨터로 치면 되지 않냐고 따집니다. 세윤이는 디지털 원주민입니다. 다섯 살부터 컴퓨터 자판을 가지고 놀았고, 일곱 살인 지금은 자판을 보지 않고 자유롭게 타자를 하니 손으로 글씨를 쓰는 것보다 컴퓨터로 글씨를 쓰는 것이 쉽고 재미있습니다.

소 근육이 잘 발달되지 않아 연필을 쥐고 글씨를 쓰는 것이 힘들고 어려운 것이 아닌가 싶어 매일 한 줄씩만 따라 쓰기를 하게 했습니다. 여덟 살인 지금은 어느 정도 쓰기는 하나 여전히 글씨는 삐뚤빼뚤 모양이 나지 않지만 닦달하고 다그치지 않습니다. 모든 면에서 다 잘할 수는 없으니까요.

누구나 어느 부분에서는 천천히 느리게 갈 수도 있습니다.

그런데 우리는 느림을 참지 못합니다. 빨리빨리 문화에 익숙해 있고 표준에 목숨 걸 때가 있습니다. 고 이어령 선생님은 내가 유일한 존재가 되었을 때 비로소 남을 사랑하고 끌어안고 눈물 흘릴 줄 안다고 말합니다. 내가 없으면 우리가 없고, 나와 나 사이에 나도 있고 너도 있어야 하는데, 우리는 나는 없고 너만 있거나, 나만 있고 너는 없는 삶을 살 때가 있습니다. 나와 다름은 틀림이 아닌 다름이고, 다름을 포용할 때 나와 너의 관계가 생기고 관계는 세상과 연결하는 접속장치가 됩니다.

중학교 2학년이 속옷에 실례를 한다면 누구라도 조금 모자라거나 항문 괄약근에 이상이 있는 것은 아닌가 의심하고 병원을 찾을 수도 있고, 일곱 살이 연필을 쥐고 글씨를 잘 쓰지 못한다면 약간 뒤처지는 아이가 아닌가 싶어 마음이 조급해질 수도 있습니다. 이때 필요한 것이 세심한 관찰입니다. 세심한 관찰은 의사가 대신해줄 수 없고 24시간 아이와 함께하는 엄마만이 할 수 있는 일입니다. 세심한 관찰을 통해 항상 집에서는 화장실 사용에 어려움이 없는데 나가서 처리하지 못한다거나, 컴퓨터 자판으로 타자는 잘 치는데 손 글씨 쓰는 것을 힘들어한다면 기다려줄 필요가 있지 않을까 싶습니다.

인간의 몸은 의학적으로 검증하고 해결할 수 없는 참으로 오묘하고 신비한 영역을 갖고 있습니다. 그 영역까지 한계가 있는 인간의 힘으로 해결해보겠다고 발버둥치면 아이는 힘들고 엄마는 불안하고, 초조하고, 화가 나서 고통스럽습니다. 물 흐르듯 자연스럽게 흘러가는 것이 필요할 때가 있습니다.

인간의 힘으로 해결할 수 없는 것을, 시간이 해결해줄 때가 있으니까요.

알파세대

2015년생 민우는 디지털 원주민이라고 말하는 알파세대입니다. 태어나면서부터 누가 가르쳐주지 않아도 디지털 기기를 낯설어하거나 어려워하지 않았습니다. 세 살 무렵부터 저의 휴대폰을 들고 위로 올리고 아래로 내리며 자기가 보고 싶은 영상을 잘도 찾습니다. 민우는 이제 2학년입니다. 영상만 보게 해서는 안 되고 무엇인가 가르쳐야 할 것 같은데 무엇을 가르쳐야 할지 모르겠습니다.

유대인이 자녀를 양육할 때 중요하게 생각하는 두 가지가 있다고 합니다. 먼저 거주지를 회당 옆에 정하여 걸어서 회당에 왔다 갔다 하며 배우게 하는 것이고, 두 번째는 존경할 만한 사람을 선택하게 하는 것인데 살아 있고, 만날 수 있고, 본받고 싶은 사람이어야 한다고 합니다. 회당 옆이라 함은 우리나라에서는 도서관 옆이라 하면 맞을 것 같은데, 지금 민우의 거주지를 도서관 옆으로 옮기는 것은 저의 생계와 직결되어 있으니 불가능에 가깝습니다. 하지만 존경할 만한 사람을 선택하게 할 수는 있을 것 같았습니다. 그런데 막상 살아 있고 만날 수 있으며 민우가 본받을 만한 사람을 추천하는 것이 쉽지 않아 민우에게 존경하는 사람이 있는지 물었습니다.

1초의 망설임도 없이 민우는 가장 존경하는 사람 1호는 엄마 아빠이고, 그다음이 강태풍이라고 합니다. 이순신 장군과 왕건 그리고 삼국지에 나오는 유비를 좋아하고 멋지다고 생각하는데, 존경하는 사람으로는 강태풍을 꼽았습니다. 강태풍이 누구이며 왜 강태풍을 존경하느냐고 물으니, 베드워드 운영자로 유명한 게임 유튜버라서 꼭 만나보고 싶고 같이 게임을 해보고 싶다고 했습니다.

만약 강태풍을 만나면 뭘 물어보고 싶은지 물었습니다. '라이트 메어'는 어떻게 찍는가 물어보고, '에어리'는 어떻게 얻는지 물어보며, 마지막으로 게임 운영자가 되려면 어떻게 해야 하는지 물어보고 싶다고 합니다. 살아 있고 만날 수 있는 사람이니 유튜브 영상 댓글로 민우의 마음을 전해 한번 만나주시면 감사하겠다는 말을 적어 기회를 만들어볼까 생각도 했지만 아직 실행하지 못했습니다. 그것은 아마도 제 마음에 게임 운영자로 사는 일에 대한 염려가 있기 때문이 아닐까 싶습니다.

민우가 화장실에 갔다 들어오다 갑자기 무슨 벌레인가가 뛰어 책장 밑으로 들어가며 소동이 벌어졌습니다. 민우는 재빠르게 휴대폰 플래시를 켜서 확인하고 잡아야 할 것 같다면서 에프킬라를 요구했습니다. 그냥 두라고 했지만 밤에 잠을 잘 수 없을 것 같다고, 잡아야 한다고 눈을 반짝이며 책장 밑에서 잠시도 눈을 떼지 않아 에프킬라를 갖다주었습니다. 그사이 민우는 카메라를 켜고 동영상을 찍기 시작했습니다.

"제가 화장실에 갔다 방에 들어오는데 어떤 놈이 저보다 빨리 뛰어 들어와서 책장 밑에 숨었어요. 귀뚜라미 비슷한데 이름은 모르겠어요. 이놈을 잡아야 제가 잠을 잘 것 같아서 에프킬라 칙칙을 뿌려 잡아보도록 하겠습니다. 조심조심 곤충에 조준하고 칙칙 뿌렸습니다. 어, 그런데 꼼짝도 안 하네요. 대단합니다. 아주 강한 놈 같아요. 이놈의 이름은 뭘까요? 네, 엄마 찬스를 썼더니 '꼽등이'라고 하네요. 가끔 보기는 했지만 이놈의 이름이 '꼽등이'라는 것을 오늘 알았습니다. 그사이 조금 움직이기 시작하네요. 다시 한 번 뿌려보겠습니다."

이렇게 이어진 동영상 촬영은 5분이나 지속되었습니다. 마지막에는 "곤충 퇴치하는 장면이 재미있었다면 구독, 좋아요, 꾹꾹 눌러주세요"라는 멘트를 잊지 않았습니다.

영상을 편집하는 능력이 있다면 재미로라도 유튜브에 올려보겠지만 영상편집 능력이 없고 시간도 부족하여 촬영하는 것으로 끝내는 것이 아쉽습니다. 유튜브에 영상을 올린다고 해서 당장 유명인이 되거나 돈을 벌지는 못합니다. 조금이라도 수익이 나기 위해서는 구글 애드센스 계정을 생성하여 연동해서 구독자 수가 천 명 이상이어야 하며, 지난 1년 동안 시청시간이 4,000시간 이상 되어야 하는데, 이게 그리 만만한 일이 아닙니다. 그러나 경험을 통해 자신의 재능을 찾아가도록 하는 도구는 될 수 있습니다. 민우는 아직 어리고 기술이 부족하여 누군가의 도움이 필요한데, 주변에 도움을 줄 만한 사람도 없고 저도 그와 관련한 지식과 정보와 능력이 없어 안타깝기만 합니다.

챗 GPT가 등장하면서 민우가 선망하는 직업으로서의 유튜버는 변화하지 않으면 사라질 것이라는 전망이 나오고 있습니다. 챗 GPT 등장과 함께 '프롬프트 엔지니어'라는 직업이 뜨고 있다고 합니다. 억대 연봉을 제시하는 모집공고도 나오고 있으니 '프롬프트 엔지니어'에 대한 직업 세계를 알아보고 민우의 성향과 맞으면 안내하고 싶으나 아직은 구체적인 자격 조건이나 배워야 할 과정이 제시되지 않은 상황입니다. 제가 할 수 있는 것은 민우와 함께 관련된 책을 읽고 호기심을 자극하며 사전 지식을 쌓아가다 때가 왔을 때 민우가 발돋움할 수 있도록 도와주는 것입니다.

그렇다면 알파세대의 책 읽기는 어느 정도일까요?

민우는 말도 빨리 배우고 다른 사람 말도 잘 알아들어서 한글을 배우면 더 많은 지식과 정보를 습득할 수 있을 것 같아 네 살 때부터 놀이로 한글을 접하게 했으나 너무너무 싫어해서 초등학교 입학 직전 일곱 살에야 겨우 한글을 배웠습니다. 한글을 배우기는 했으나 책 읽기가 자연스럽게 되지 않아 걱정스러웠는데, 마침 정보통신부에서 AI에게 일곱 살 남자 아이 목소리로 4,000문장 데이터를 입력하는 사업을 진행하는 데 선정되어 매일 50개 문장을 80일 동안 녹음했습니다.

짧은 문장에서 조금 긴 문장까지 읽히다 보니 민우가 발음이 안 되는 자음이 3개 정도 있다는 것을 발견했습니다. '르' 발음이나 '으' 발음이 앞 글자에 따라가 '를' 또는 '을'로 읽고 'ㅅ' 발음이 정확하게 나오지 않아 저장이 안 되니 두 번 세 번, 어떤 문장은 열 번까지 읽어야 했습니다. 민우도 발음이 안 되는 것을 자꾸만 하려니 왜 안 되는지 화가 나기도 하고 속상하기도 해서 울면서 "나는 왜 안 되느냐"고 했습니다. 너무 힘들면 그만해도 된다고 했으나 울면서도 끝까지 하겠다고 해서 3개월 만에 4,000문장을 완성했습니다.

그 정도 했으면 책을 줄줄 잘 읽어야 할 것 같은데 민우는 여전히 단어를 빼먹고 읽거나 틀리게 읽어 다시 되돌아 읽을 때가 많습니다. 알파세대의 모든 아이들이 민우처럼 텍스트를 읽는 데 어려움을 겪지는 않겠지만, 글자는 읽으나 내용은 이해하지 못하는 문해력이 부족한 아이들이 많다는 이야기를 듣습니다.

전 고려대학교 총장이었고 현재는 태재대학교 총장이신 염재호 총장님께서는 '교육 대기자 TV'와의 인터뷰에서, 중진국에서 태어난 부모가 선진국에서 자라는 아이들을 가르치려고 하는 것은 잘못된 것이라 말합니다. 아이들을 가르치려고 하지 말고 그들의 서포터즈가 되어 지지하고 응원해주라고 합니다. 민우에게 정보를 주고 길을 안내해야 함에도 그렇게 하지 못한 제 자신이 무능한 엄마라고 생각했는데 가르치려고 하지 말고 서포터즈가 되어 지지하고 응원해주라는 말이 위로가 됩니다.

학교가 우리 아이의 미래를 보장해주지 않고 학교 성적이 직업을 만들어주지 못합니다. 인생을 살아가는 데 필요한 더 많은 공부는 학교 밖에서 이루어집니다. 그런데 아직도 학교 공부만이 공부라고 생각하지는 않습니까? 그렇다면 학교 밖에서 이루어지는 공부에 대하여 눈을 감고 귀를 막고 있는 것입니다.

진정한 공부가 무엇인지를 숙고할 때입니다.

27

우리 엄마
은행

'즐거운 집'에는 '우리 엄마 은행'이 있습니다. 은행장은 엄마이고 고객은 즐거운 집 아이들입니다. 아이들은 은행장인 엄마를 믿고 돈을 맡겨놓고 필요할 때는 언제라도 인출해서 사용하기도 하고 돈이 생기면 저축하기도 합니다. 우리 엄마 은행은 예금만 있고 대출이 없기 때문에 파산할 염려가 없습니다.

몇 년 전 회계 교육에 갔다가 강사님이 지나가는 말로 자기가 소속된 기관에서는 복지재단 이름의 통장이 있고 통장은 수첩에 수기로 작성되며 아이들이 수첩을 이용해 통장처럼 입출금을 하도록 해서 경제를 가르친다고 했습니다. 그 말이 제

귀에 쏙 들어와 박혀서 집에 오자마자 '우리 엄마 은행'에 대한 설명회를 하고 은행을 창업했습니다. 고객은 중학생 이상으로, 한 달 용돈을 규모 있게 사용하도록 하기 위한 창업이었는데, 아이 성향에 따라 전혀 다르게 사용하는 것을 봅니다.

찬이는 입이 짧기로 소문이 나 있습니다. 라면과 고기를 특히 좋아하는데 그것도 자기만의 스타일로 끓이거나 구운 고기만을 먹습니다. 용돈은 대부분 간식을 사먹는 데 사용합니다. 그것도 각종 컵라면을 사다 먹거나 자기가 좋아하는 라면을 사서 계량컵으로 300ml 물을 넣고 끓이다 계란을 톡 깨트려 넣고는 그대로 그릇에 옮겨 담아 먹습니다. 계란이 흩어지면 안 됩니다. 건더기가 들어가도 안 되고 물의 양이 달라져도 안 됩니다. 삼시 세끼를 라면으로 먹으려고 해서 제동을 걸면 '굶식'을 해버립니다.

반면 현이는 간식을 사먹는 데 돈을 사용하지 않습니다. 가능하면 집에 있는 간식을 먹고 용돈은 차곡차곡 모아 주식에 투자합니다. 제가 주식 투자를 강요한 것이 아닙니다. 현이는 초등학교 때부터 역사와 지리에 관심이 많아서 어디를 가든지 가장 먼저 안내 팸플릿을 챙겨 안내지도를 보고 다녔습니다. 함께 가면 현이에게 안내하라고 할 정도로 잘 찾아다니며 즐거워했습니다. 성장하면서 세계지도에 관심을 갖게 된 현이는 날마다 컴퓨터에서 세계 여러 나라를 돌아다니며 역사 이야기를 읽고는 또 저에게 침을 튀기며 설명했습니다. 중학생이 되면서 러시아에 대하여 조금 더 알고 싶다고《혁명의 러시아》와《1001 DAYS》를 사달라고 하더니 중3이 되면서 주식으로 관심이 옮겨갔습니다.

하지만 현이는 열다섯 살 미성년자로 주식계좌 개설이 안되어 제가 토스에서 주식계좌를 만들어주고 현이가 용돈을 모아 주식투자를 해보도록 했습니다. 그러자 나스닥이 어떻고 코스닥이 어떻다느니, 어느 주식이 오르고 있고, 지금 금리가 오르니 어느 주식이 오를 전망이 있다는 등 나름의 주식 투자 정보를 저에게 설명했습니다. 저는 현이를 위해 한국경제신문을 구독했습니다. 얼마 전에는 7만 원을 벌었다고 좋아하더니 곧이어 단타를 치다 9만 원 정도를 손해 보았다고, 내 소중한 돈을 잃었다고 속상해했습니다. 그리고 미국 주식 동향을 보겠다고 자정이 넘은 시각에 제 휴대폰을 열어 한 시간이 넘도록 검색을 하고 있어서 그만 보고 자라고 했더니 버럭 화를 냈습니다.

다음 날 현이를 불러 주식투자를 하도록 계좌를 개설해준 것은 주식이라는 것이 무엇인지 그 흐름을 공부하라는 것이지

돈을 벌라는 것이 아니었는데, 지금 너의 모습은 돈을 잃을 수밖에 없는 성급함이 지나치니 조금 여유를 가지고 했으면 좋겠다고 타일렀습니다.

지금 현이는 연말까지 100만 원을 모아 주식에 투자하겠다고 모의투자를 하고 있습니다.

세상은 변하고 있습니다. 토스와 카카오뱅크가 일상화되며 종이 통장을 가지고 은행 창구를 찾는 사람이 현저하게 줄어들고 있습니다. 컴퓨터를 모르고 휴대폰 기능을 활용할 줄 모르면 자녀들과의 대화가 단절되니, 지금의 부모 세대는 그 옛날 한글을 모르던 우리 선조들보다 훨씬 더 답답하고 외로운 삶을 살아야 할지도 모릅니다.

MKYU대학 김미경 학장님은 친정아버님이 응원단장이었다고 합니다. 몇 번이나 사업하다 망해서 돈을 벌지는 못했지만 항상 자기를 지지하고 응원해주는 데 열심이었다고 합니다. 자신이 고3 때는 입시준비하는 와중에 감기에 걸려 밥을 잘 못 먹으니 엄마가 함지박에 온갖 맛난 반찬을 담아주자 아버지가 그 함지박을 들고 교문 앞에 서 있었다고 하면서, 그런 부모님의 응원으로 연세대학교 작곡과에 입학할 수 있었다고 합니다. 2022년에 아버지가 하늘나라로 가시고 유품을 정리하던 중 일기장을 발견했는데, 일기장에는 '미경이와 대화하기 위해 배워야 할 것'이라는 내용이 있었다고 하네요. '1. 메타버스 공부할 것, 2. NFT 공부할 것'이라고 되어 있어서 응원단장인 아버지가 그리워 펑펑 울었다고 합니다.

오직 딸과 대화하기 위해 80대 어르신이 메타버스를 공부하고 NFT를 공부했다니 참으로 놀랍습니다. 그런 아버지가 계셨기에 오늘의 김미경 학장님이 있는 것이 아닌가 싶습니다.

그래서 생각했습니다. 나는 자녀와의 대화를 위해 무엇을 공부하는가?

저는 현이와 대화하기 위해 짜투리 돈을 모아 조금씩 주식에 투자합니다. 현이와 다른 증권 회사에 계좌를 개설하고 일주일에 한 번 정도 들어가서 등락을 보는 정도지만, 그것이 현이와 대화를 하는 데 자산이 됩니다. 현이는 저의 주식투자 코치가 되어 '이렇게 해보세요. 저렇게 투자하는 것이 좋을 것 같아요.' 등등 나름의 지식과 정보를 제안합니다. 단기 투자에 관심 있는 현이의 지식과 정보가 장기 투자를 원하는 저에겐 듣는 것만으로 재미를 더합니다. '우리 엄마 은행'에서 시작된 용돈 관리가 현이와의 대화 물꼬를 터주고 주식투자로 이어져 경제를 배워갑니다.

우리는 학교에서 배운 지식만으로 세상을 살지 않습니다. 학교에서 가르쳐주지 않는 삶을 지탱하는 중요한 것들 중 하나가 돈을 다루는 능력입니다. 인생 살면서 돈에 죽고 돈에 살고 돈에 걸려 넘어지는 사람을 어렵지 않게 보기 때문입니다.

《세이노의 가르침》에서 세이노님은 돈과 친해지라고 말합니다. 친해진다는 것은 돈의 속성을 알고 돈을 다룰 줄 알아야 한다는 말로 해석됩니다. 아무리 많이 있어도 관리할 능력이 없으면 하루아침에 물거품이 될 수도 있는 것이 '돈'입니다.

아이들이 돈을 다룰 줄 안다는 것은 중요한 삶의 무기 하나를 장착하는 것과 같고, 인생을 조금 수월하게 살아갈 준비가 되었다는 증거입니다.

28

0.7평
상담소

'즐거운 집'에는 0.7평 이동 상담소가 있습니다. 이 상담소는 평일 아침에만 문을 엽니다. 시간은 30분으로 제한되며, 이용 가능한 대상은 중·고등학생입니다. 0.7평 이동 상담소에서 매일 상담이 이루어지는 것은 아닙니다. 어떤 날은 침묵의 시간이 되기도 하고, 어떤 날은 와글와글 난상 토론의 시간이 되기도 합니다. 그곳에서 민철이와 저는 시간을 공유하고 생각과 감정을 공유합니다. 때로는 전이가 일어나거나 역전이가 일어나 서로를 힘들게 하지만, 0.7평 이동 상담소는 민철이의 고민을 풀어내는 유일한 공간입니다.

0.7평 이동 상담소는 10년 전 문을 열었습니다. 재진이가 중

학교에 입학하면서 방문을 닫고 들어가고 대화할 기회가 없어 어떻게 재진이의 마음을 들여다볼까 고민하던 중, 대중교통을 이용하기 불편한 곳에 위치한 저희 집의 특성상 아침 등교 시간에 재진이를 태워다주면서 '서로 마주 보지 않고 이야기를 하면 도움이 되지 않을까'라는 생각에서 시작되었습니다. 얼굴을 마주 보지 않으니 불편함이 적고 누구의 방해도 받지 않는 0.7평 공간은 숨 쉬는 소리까지 들리는, 오직 온몸의 감각으로 아이들을 느낄 수 있는 곳입니다. 그렇게 시작된 0.7평 이동상담소는 10년째 이어지고 있습니다.

사춘기 아이들에게는 서로 눈을 바라보는 부담을 덜어내고, 아이는 엄마의 어깨너머로 세상을 읽고, 엄마는 등뒤의 아이를 오감으로 느끼며 같은 방향을 바라보는 침묵이 훨씬 도움이 될 때가 있습니다.

오늘 아침 민철이는 학교 급식에 대한 불만을 이야기했습니다. 먹을 것이 없어 안 먹는데 선생님은 안 먹는다고 야단치고, 점심시간이 제일 싫은데 피할 방법이 없어 짜증난다는 말로 오늘의 상담을 시작했습니다. 메뉴가 주로 뭐가 나오냐고 물었더니 브로콜리, 이상한 튀김, 먹지도 않는 국, 진짜 싫은 잡곡밥 등등 민철이가 싫어하는 메뉴가 즐비합니다. 네가 싫어

하는 음식이 많은 것은 맞는데, 그렇다고 안 먹으면 배고프지 않냐고 물었습니다. 민철이는 "별로요. 먹기 싫은 것 먹는 것보다 조금 배고픈 것이 훨씬 낫다"고 합니다.

민철이는 편식이 심합니다. 야채는 김치 외에 아무것도 먹지 않습니다. 햄버거 야채도 모두 털어내고 먹고 피자 야채도 젓가락으로 골라냅니다. 그렇다고 야채 외에 아무거나 먹는 것도 아닙니다. 짜장면은 기름기가 많아 싫고, 치킨과 피자는 화덕에 구운 것만 먹습니다. 고기를 좋아하기는 하나 삼겹살 구이나 스테이크만 좋아합니다. 민철이가 부유한 집에서 성장하여 생긴 편식이 아닙니다. 월세방에서 노동 일을 하며 겨우 밥 먹고 사는 집에서 태어나 생계를 위해 아이를 완전 방임할 수밖에 없었던 부모님으로 인해 민철이는 라면으로 끼니를 때우는 날이 많았습니다.

그러한 12년 동안의 시간은 습관으로 완전하게 자리를 잡았습니다.

민철이가 유일하게 좋아하고 질리지 않으며 맛있게 먹는 것은 라면뿐입니다. 라면도 아무거나 좋아하는 것이 아니라 매운 라면 위주로, 라면 한 개에 물 450ml를 정확하게 넣어 꼬들꼬들하게 끓여 먹습니다. 자기 입맛에 맞게 끓이지 않으면 라면도 먹기를 거부합니다.

선생님도 민철이의 고집에 두 손을 들었습니다. 심하게 야단치거나 체벌을 할 수도 없습니다. 요즈음은 학생 인권이 강화되면서 다른 학생들에게 피해를 주거나 위험한 행동을 한 것이 아니면 깊이 개입하기가 어렵습니다. 선생님은 안타까운 마음에 저에게 전화해서 어떻게 하면 좋을지 모르겠다고 하셨습니다. 어떻게 할지 모르는 것은 저도 마찬가지니 너무 걱정하지 말라고 말씀드렸습니다.

민철이는 용돈으로 자기가 먹고 싶은 라면과 탄산음료를 사다 비치해놓고, 밥상이 차려지면 쓱 둘러보아 자기 입맛에 맞는 메뉴가 아니면 안 먹겠다고 합니다. 그리고 모든 가족이 식사를 마치고 정리까지 끝나면 그때 어슬렁어슬렁 나와 부스럭거리며 라면을 끓입니다. 라면만 먹으면 건강에 안 좋으니 다른 것도 먹으려고 시도 해보라고 하면 자기 나름대로 운동을 하고 있으니 너무 걱정하지 말라고 합니다. 그런 행동은 엄마의 가르침에 위배되어 동생들에게 바람직하지 않다고 하면 그래서 아이들이 모두 먹고 뒷정리가 끝난 후 조용히 끓이는 것이라고 합니다. 조용히 끓인다고 해도 냄새는 온통 집안에 퍼져 아이들도 좋아하는 라면이 먹고 싶을 것 아니냐고 하고, 일주일에 두 번만 라면을 먹도록 합의를 보았습니다.

그리고 가능하면 민철이가 밥을 먹을 수 있도록 일주일에 세 번은 고기와 함께 김치를 준비합니다. 김치도 너무 시지 않고 깔끔한 맛이 나는 우리집 김치가 맛있다고 하여 김치를 넣어 찌개를 끓이고 김치전을 만듭니다. 어떤 날은 밥은 안 먹고 고기만 먹기도 합니다. 그러다 보니 화장실에 가서 앉아 있는 시간이 길어 다른 사람을 불편하게 합니다. 배변에 도움을 주기 위해 유산균을 사다주었지만 먹는 날보다 안 먹는 날이 더 많습니다.

0.7평 상담소는 가랑비에 옷 젖듯 민철이의 가슴에 서서히 스며들어 변화를 준비하고 있었습니다.

민철이가 사회에 나가 다른 사람과의 관계를 잘 만들어갈 수 있을지 걱정하는데 민철이에게 기회가 왔습니다. 여섯 살 진우가 새로 들어오는 것이 확정되어 민철이에게 새로 오는 아이와 함께 방을 사용해야 할 것 같다고 이야기했습니다. 엄마가 백번 가르치는 것보다 네가 한번 행동으로 보여주는 것이 진우에게 각인되기 때문에 형으로서 규칙을 잘 지키는 모습을 보여주면 좋겠다고 했습니다. 왜 하필이면 내 방이냐고 짜증을 낼 줄 알았습니다. 마음의 준비를 하고 한 말인데 민철이는 예상을 뒤집고 잘 해보도록 노력하겠다고 합니다. 그러더니 그날부터 책상을 정리하고 식탁에 와서 밥을 먹기 시작했습니다. 상상하지 못했던 변화입니다.

0.7평 이동 상담소는 해결 방법을 직접 제시하지 않습니다. 아이들이 말하는 것을 듣고 추임새를 넣으며 공감해주는 것이 전부입니다. 저도 아이들의 몸짓이나 표정을 보지 못하고 아이들도 저의 얼굴을 보지 못하지만, 아이들은 이야기와 추임새 사이에서 해결 방법을 찾아갑니다. 민철이는 하루 분량의 정서와 에너지를 충전하는 그 시간이 좋다고 말합니다.

0.7평 이동 상담소는 모닝 차 안에 있습니다.

29

설거지하는
시간

　　주부라면 한번쯤 설거지하기 귀찮다는 생각을 해보았을 것입니다. 식사 시간이 되어 밥상을 차릴 때는 허기진 가족을 위해 이것저것 꺼내놓습니다. 가족 구성원마다 좋아하는 음식이 다르다 보면 밥상 가득 무엇인가를 차려놓게 됩니다. 가족이 모두 한자리에 모여 밥을 먹고 설거지를 한꺼번에 하면 좋겠지만, 시차를 두고 와서 밥을 먹으면 설거지하는 시간은 더욱 길어집니다. 먹은 것은 별것 없는데 씻을 그릇은 왜 이렇게 많은지, 요즈음은 식기 세척기를 이용하는 가정이 많기는 하나 그래도 남은 음식물을 처리한다거나 뒷정리하는 일은 사람 손으로 해야 합니다.

아이들이 성장하면서 자립 또는 독립을 위해 가르쳐야 하는 것들이 많습니다. 그중 하나가 밥을 해서 차려먹고 설거지를 하는 일입니다. 그것을 일상생활기술이라고 말합니다. 일상생활기술은 인간이 살면서 필요한 가장 기본적인 기술입니다. 그렇다고 태어나면서부터 그냥 할 수 있는 일은 아닙니다. 기술이라는 것은 일정 시간 훈련을 해야 익숙해지고 잘할 수 있기 때문에 나이에 따라 필요한 훈련을 시켜야 합니다.

'즐거운 집'에서는 중학생이 되면 일주일에 한 번, 주말에 설거지하는 시간이 있습니다. 처음 설거지를 하는 규민이를 위해 저는 시범을 보입니다. 일단 수저와 젓가락은 따로 분류하고 그릇에 남아 있는 음식물 찌꺼기는 제거하여 애벌 설거지를 한 다음, 기름기가 많으면 세제를 사용하고 기름기가 없으면 흐르는 물에 깨끗하게 헹구기만 합니다. 이때 거친 수세미보다 부드러운 행주로 닦아주는 것이 그릇을 상하지 않게 하며 그릇 표면의 작은 이물질과 음식물 흔적을 깔끔하게 지워줘서 좋다고 알려줍니다.

규민이가 따라 해볼 차례입니다. 싱크대가 174cm 규민이 키 높이에 맞지 않아 허리를 굽혀야 합니다. 날마다 하는 것도 아니고 일주일에 한 번 하는 것이니 그 정도는 견딜 수 있어야 한다고 우깁니다. 하필 오늘은 삼겹살을 구워먹은 날이라 그릇마다 기름기가 있습니다. 화장지로 기름기를 제거하고 설거지를 시작했으나 여전히 미끈거려 손에 잘 잡히지 않습니다. 수저와 젓가락을 따로 분류해놓고 수세미에 세제를 듬뿍 짜서 닦기 시작합니다.

커다란 손이 어줍게 그릇을 잡고 닦는데 그릇이 손에 붙지 않습니다. 놓치면 깨지는 유리그릇이 없어 다행입니다. 세제를 묻혀 닦을 때는 물을 잠가놓고 모두 닦은 다음 헹굴 때 물을 틀어놓고 흐르는 물에서 헹구라고 했는데 물을 틀어놓고 그릇을 갖다 대는 순간 물이 싱크대 밖으로 튀어나갑니다.

동생들이 지켜보고 있으니 더욱 잘해야 하는데 마음처럼 손이 움직여주지 않습니다. 설거지를 끝내고 아리송한 미소를 지으며 이 정도면 되느냐고 묻는 규민이에게, 처음 하는 설거지치고는 아주 훌륭하다고 어깨를 토닥여줍니다. 그때야 비로소 해냈다는 성취감에 뿌듯한 웃음을 뿜어냅니다.

규민이가 어렵게 처음 설거지를 마쳤을 때 싱크대 주변은 물바다였습니다. 차라리 제가 하고 말지 싶습니다. 물기를 닦고 뒷정리를 하는 시간이 설거지를 하는 시간만큼 힘이 듭니다. 그래도 규민이가 설거지하는 기술을 제대로 익힐 때까지 반복해야 합니다.

설거지하는 시간은 식사를 마친 그릇만을 씻는 시간이 아닙니다.

첫째, 그릇과 함께 나의 마음을 씻는 시간입니다. 우리는 무엇인가를 매일 담고 또 비워냅니다. 내 의지와 상관없이 내 마음 그릇에 턱 담기는 것도 있고, 담고 싶지만 담기지 않는 것도 있습니다. 언제 담았는지도 모를 감정이 말라붙은 밥풀처럼 엉겨붙어 있기도 합니다. 어느 시인은 설거지를 하며 그릇을 씻듯 마음도 씻는다고 노래하고, '아침 편지 문화재단' 이사장인 고도원 시인은 더러워진 내 마음을 밝고 맑게 씻어내고 청소하는 것이 나를 사랑하는 방법이라고 말합니다. 설거지하는 시간은 손으로는 그릇을 씻고 마음으로는 생각을 털어내고 청소하여 정리하는 시간이며 나를 사랑하는 시간입니다.

둘째, 설거지하는 시간은 타인을 배려하는 시간입니다. 설거지하는 것을 대단한 배려로 생각하는 사람은 없습니다. 그저 하찮은 일이라고 생각하거나 아무것도 할 줄 모르는 사람의 일, 또는 요리를 배우기 위한 첫 단계쯤으로 여깁니다. 그런데 설거지만큼 다른 사람을 배려하는 일도 없습니다. 음식을 먹고 난 그릇은 만지기 싫은 얼룩이 여기저기 묻어 있어 보고 싶지 않습니다. 하지만 다시 음식을 담아 먹을 타인을 위해 그릇을 반짝반짝 닦습니다. 혹여 세제 찌꺼기가 남아 건강을 해

칠까 염려되어 두 번 세 번 손끝으로 뽀드득 소리를 확인하며 흐르는 물에 닦고 또 닦습니다. 드러나지 않고 알아주지 않는 타인을 위한 배려의 시간입니다.

셋째, 첫 번째 자립을 준비하는 시간입니다. 고등학교를 졸업하고 성인이 되면 자립해서 혼자 살아내야 합니다. 그때를 위해 가장 기본적인 식생활을 위한 첫 관문을 통과하기 위해 훈련하는 시간입니다. 설거지하는 시간을 통해 자립 성공 여부가 가늠되기도 합니다. 하찮아 보이는 일을 대하는 태도가 그 사람의 미래를 결정하기도 하니까요.

설거지하는 시간은 미래의 나를 설계하는 시간입니다.

30

가치 있는 지식과
가치 없는 지식

인간은 살아가는 데 필요한 지식을 배우기 위해 학교에 다닙니다. 초등학교에서는 전방위적인 학습을 하고, 중·고등학교에 진학해서는 배움의 범위가 좁혀지고 심화되어 조금 어렵고 깊이 있는 지식을 배우다 대학에 가면 한 분야를 전문적으로 학습하게 됩니다. 사회에 나와서는 일과 관련한 지식을 얻기 위해 책을 읽거나 강의를 들으며 나름의 지식과 정보를 축적해나갑니다. 그러나 지식만 가지고는 원하는 삶을 살아가기가 어렵습니다.

그렇다면 어떻게 해야 할까요?

'즐거운 집'에 오는 아이들은 책을 한 번도 읽어보지 못한 경우가 대다수입니다. 심심해하는 아이에게 책을 읽으라고 하면 책을 왜 읽어야 하느냐고 묻습니다. 책 속에는 신기하고 놀랍고 재미있는 이야기가 많으니까 읽으면서 찾아보라고 하면 책을 가져와 책장만 넘기다 신기하고 놀랍고 재미있는 이야기가 없다고 말합니다.

도담이는 책을 읽는 아이를 바라보는 저의 눈빛을 보았습니다. 예쁘고 사랑스러워 죽겠다는 마음이 느껴지는 눈빛을 자기도 받고 싶어 언제나 제가 보는 앞에서 책을 펼쳐들고 있습니다. 그날도 보란 듯이 거실 탁자에 앉아 책을 읽고 있었습니다. 열린 문으로 방안을 들여다보니 조금 전 가지고 놀던 색종이와 가위 그리고 풀이 방바닥에 뒹굴고 있습니다. 도담이에게 조금 전 가지고 놀던 색종이와 가위와 풀을 정리하라고 하자 "책 보고 있잖아요"라고 합니다. 여덟 살 도담이는 아무리 제가 책 읽는 것을 좋아한다고 하지만 자기 할 일을 하지 않고 책을 읽는 것까지 예쁘게 보지는 않는다는 것을 모릅니다.

저는 도담이 앞으로 가서 책 읽기를 잠시 멈추고 제 눈을 보라고 했습니다. 그리고 자기 할 일을 하지 않고 책을 읽어서 얻은 지식은 지식으로서의 가치가 없다고 말해줍니다. 도담이는 혼란스럽습니다. 분명 엄마는 책 읽는 것을 좋아하고 아이들이 책을 읽을 때 사랑스런 눈으로 지켜보았는데 그렇게 얻은 지식이 가치가 없다니 이해할 수가 없습니다. 혼란스러운 눈으로 바라보는 도담이에게 말합니다. 지식을 얻는 것도 중요하지만 그보다 먼저 자신이 해야 할 일과 책임을 다하는 것이 더욱 중요하고, 그렇게 하지 않고 얻은 지식은 가치가 없다고 말입니다. 그리고 방부터 정리하고 책을 읽으라고 하자 도담이는 마지못해 일어나 방으로 갑니다.

엄마는 아이가 책상 앞에 앉아 공부하고 있으면 기분이 좋습니다. 학교 성적이 좋으면 더욱 그렇습니다. 공부하고 있다는 이유 하나만으로 웬만한 것은 용서가 되고 허용이 됩니다. 심지어 손가락 까딱하지 않아도 될 만큼 아이 방을 청소해주고 책상을 정리해주며 간식을 갖다주고는 혹 방해될까봐 조용히 문을 닫고 나옵니다. 집안에 고등학교 3학년이 있으면 모든 스케줄이 아이에게 맞추어지고 아이를 상전 대하듯 하며 혹 아이의 감정이 상할까 조심합니다.

그런데 그렇게 공부해서 좋은 대학 나온들 뭘 제대로 할 수 있을까요?

모든 것이 자기중심이었던 그때 그 모습으로 살아가길 원하며 공부 잘하는 것이 마치 무슨 특권인 것처럼 군림하려고 하지는 않을까요? 동창회에 나가면 학창시절 챙겨주는 사람이 없어 날마나 코를 흘리고 지저분한 옷을 입고 다녀서 코찔찔이라는 별명으로 불리던 친구가 사업에 성공하여 당당하게 살아가는 모습을 봅니다. 공부는 잘했으나 일이 잘 풀리지 않아 결혼에 실패하고 힘들게 살아가던 친구가 공부도 못하던 코찔찔이가 많이 컸다고 말합니다. 아무도 그 친구의 말에 동의해 주지 않자 어느 순간 슬그머니 자리를 뜨고 맙니다. 기본적으로 자기 할 일을 하지 않고 공부만을 최우선으로 생각하고 성장한 아이는 사회에 나와서 인정받고 존중받기가 참 힘들고 어렵습니다. 사회에서는 학교 성적이 아닌 삶의 태도를 보기 때문에 그렇습니다.

얼마 전 사람인과 복지넷에 선생님 채용 공고가 난 것을 봤습니다. 일반 가정과 동일한 환경에서 밥하고 빨래하고 청소하는 것은 기본이고 조금은 모가 난 아이들을 돌보고 가르치며 행정 일까지 해야 하는 쉽지 않은 일이나 급여는 최저 임금을 감수해야 합니다. 그런데 1명 채용에 28명이 지원했습니다. 경력과 이력을 보니 다들 대단했습니다. 28명 중 25명이 대학원 졸업입니다. 취업하기가 어렵다고는 하나 대학원까지 나와 밥하고 빨래하고 청소하는 것을 기본으로 하는 일자리에 지원서를 냈다는 것이 참으로 놀라웠습니다.

요즈음 기업에서는 스펙을 보지 않습니다. 그 사람이 다른 동료들과 얼마나 협업하여 시너지를 낼 수 있는가를 봅니다. 지식이 많으면 도움이 되겠지만 지식만 많아서는 어려운 일입니다. 다른 사람을 배려할 줄 알아야 하고 상황판단은 물론 문제해결 능력이 있어야 합니다. 지식은 부족하면 몰입해서 공부하면 되지만 상황판단 능력이나 문제해결 능력은 하루아침에 주어지지 않습니다. 문제해결 능력은 실패를 통해서 배우기 때문에 그렇습니다.

지식에도 유효기간이 있습니다. 짧게는 1~2년에서 길게는 40~50년까지 다양한데, 내가 알고 있는 지식이 나도 모르는 사이 폐기처분되면서 새로운 지식을 습득해야 할 수도 있습니다. 더욱이 암기를 통한 지식은 인터넷 검색으로 훨씬 더 정확하고 자세하게 알 수 있기 때문에 굳이 기억할 필요가 없습니다. 이미 지식의 외주화는 이루어졌고, 우리는 그 지식을 가져다 어떻게 사용할까를 고민해야 합니다.

혹, 저는 그리고 당신은 알량한 몇 푼의 지식을 끌어안고 그 지식의 틀 안에서 세상의 모든 것을 다 아는 양 자만하고 있는 것은 아닐까요?

31

나는 누구이며
어디로 가야 하는가

    사춘기는 부모로부터 정서적으로 독립하여 사회적 관계를 형성하는 시기입니다. 신체적 성장 속도가 빨라지는데 정서적 발달이 따라가지 못해 충동 조절이 잘 안 되고 감정 기복이 그 어느 때보다 심해집니다. 또래 집단 안에서 자신의 존재를 확인받으려고 하며 '나는 누구인가'라는 질문을 하게 되고 정체성으로 인한 혼란을 겪게 됩니다. 하지만 감정 표현이 미숙하여 스스로에게 답답하고 화가 나는 것을 주변 사람들에게 풀어냅니다. 우리는 그것을 사춘기(중2병)라 하고, 이를 누구나 당연히 거치는 삶의 한 과정이라 여깁니다.

    하지만 모든 아이들이 사춘기를 심하게 겪는 것은 아닙니다. 성향에 따라 엄마의 관심을 간섭이라 느끼고 화를 내며 근처에도 못 오게 하는 아이가 있는 반면, 큰 변화 없이 조용하게 지나가는 아이도 있습니다. 그런데 누구나 한번쯤 혼란의 시기는 반드시 오는 것 같습니다. 그 시기가 초등학교 4학년이 될 수도 있고, 중학교 2학년이 될 수도 있으며, 불혹의 나이를 넘은 때일 수도 있습니다.

원우는 고등학교 3학년 말 졸업을 앞두고 '나는 누구이며 어디로 가야 하는가'라는 당황스러운 문제에 직면했습니다. 원우는 혼자입니다. 이 세상 어딘가에 원우를 태어나게 한 부모님이 계실 겁니다. 그러나 원우에게는 처음부터 없었고 지금도 없는 부모님입니다. 기억의 한 조각마저 없는 부모가 가끔은 궁금하고 그립습니다. 나는 누구이며 왜 이 세상에 태어났는가라는 질문을 던지니 더욱 궁금해집니다.

원우는 얌전하고 말이 없으며 공부에는 관심이 없으나 학교는 지각하지 않고 잘 다니고 수업 시간에 졸지도 않는 성실한 모범생입니다. 항상 웃고 화를 잘 내지 않아 주변에 친구가 많습니다. 그래서 담임선생님은 '백만 불짜리 미소'라고 칭찬하고, 저는 성실함이 너의 장점이라고 칭찬했습니다. 그런 원우가 이런 위기를 만날 것이라고는 아무도 상상하지 못했습니다.

원우는 공부에 관심이 없어 일찌감치 대학 진학을 포기하고 공고 초정밀기계과에 들어가 도제로 고등학교 2학년 때부터 실습과 학습을 병행했습니다. 실습 나간 회사는 자동차 부품을 만드는 회사로 전기차가 나오면서 과도기를 겪고 있기는 하나 현대자동차와 기아자동차에 납품하는 재정이 안정된 회사였습니다. 2년 동안의 실습 과정이 끝나기 전 10~11월 사이에 회사에서 채용 여부를 결정하여 통보하는데, 원우가 실습 나간 회사는 결정을 자꾸만 미루며 조금만 더 기다려보라고 했습니다. 원우의 상황을 잘 아는 실습담당 선생님은 취업될 수 있으니 걱정하지 말라고 하셨습니다.

12월이 가고 1월이 지나 대학 진학 기회가 모두 사라진 2월 초에 채용하기 어렵겠다는 통보를 받았습니다. 학교에서는 비상이 걸렸습니다. 저에게 반드시 취업시키겠다고 했는데 채용이 거부되었으니 참으로 난감한 상황에 선생님들도 어쩔 줄 몰라 합니다. 원우를 비롯하여 실습 나간 회사에서 채용이 거부된 아이들 모두 새로운 도전을 해야 합니다. 다른 아이들이야 부모가 있으니 잠시 보류하고, 우선 원우의 취업을 위한 비상대책 회의가 열리고 여기저기 알아보았으나 마땅한 회사를 찾지 못했습니다. 선생님은 곧 찾게 될 테니까 너무 걱정하지 말라 하십니다.

고등학교를 졸업하고 대학에 진학하지 않으면 취업을 위한 공부를 해야 '즐거운 집'에 있는 시간을 연장할 수 있습니다. 아이들 진로를 위해 '4차 혁명 진로 모임'이라는 커뮤니티에 들어가 정보를 얻고 있었는데, 이번 기회에 원우에게 노동부에서 지원하는 IT과정을 공부하도록 하면 어떨까라는 생각이 들었습니다. 노동부에서 내일배움카드를 만들어 배움이 필요한 젊은이들을 지원하는 제도가 있다는 것을 상기하고 차분히 알아보았습니다.

원우는 게임을 좋아하고 컴퓨터를 가지고 노는 것에 익숙하니 조금 깊이 있는 능력을 갖추면 취업이 가능할 것 같았습니다. 문제는 지금까지 배운 CNC 선반가공이나 CNC 밀링가공을 활용할 수 없다는 것이고, 전문적으로 배울 수 있는 학원을 가려면 수원이나 서울로 나가야 하는 것이었습니다. 원우의 생각은 어떤지 물었습니다. 누구보다 당황하고 있던 원우는 저의 제안에 기꺼이 그동안 배운 모든 것들을 내려놓았습니다.

원우가 배우고 싶어 하는 '반응형 자바 웹 개발자 양성과정'이 개설되어 있는 학원을 찾았습니다. 몇 군데 전화 상담을 통해 강남역 근처에 있는 한 학원을 찾아냈습니다. 그리고 원우와 함께 방문 상담을 하고 그 자리에서 학원비의 자부담, 158만 원을 결제했습니다. 원우는 깜짝 놀라며 그렇게 자신을 위해 돈을 써도 되느냐고 물었습니다. 돈은 필요할 때 사용하라고 있는 것이고, 배움을 위해 사용하는 돈은 아깝지 않으며, 엄마는 너의 미래에 투자하는 것이라고 했더니 감동하여 말을 잇지 못합니다.

접수를 마치고 서류봉투를 들고 나오는데 원우가 자신이 서류봉투를 들고 가겠다고 합니다. 서류봉투를 받아든 원우는 "여기는 분위기가 다른 것 같아요"라고 합니다. 뭐가 다르냐고 물으니 넥타이를 매고 걷는 사람들에게서 에너지가 느껴진다고 했습니다. 옷 입는 것과 얼굴 피부 가꾸는 것에 관심이 많은 원우는 강남 한복판을 누비는 사람들 속에서 자신의 미래를 그려보며 당당하게 걷습니다. 취업을 거절당하여 좌절했던 원우의 모습이 아닙니다. 비로소 나는 누구이며 무엇을 해야 하는가에 대한 답을 찾았습니다. 원우는 엄마가 자기에게 투자한 돈이 손실이 나지 않도록 기를 쓰고 공부하리라 다짐합니다.

아이는 진심으로 자기를 믿어주는 단 한 사람이 있을 때 살아갈 힘을 얻고 하늘을 향해 얼굴을 들고 꿈을 꿉니다. 부모는 아이가 기지개를 켜고 하늘을 바라볼 수 있게 하는 단 하나의

존재이고, 부모의 품은 미래를 향해 날아오를 날을 준비하는
NASA와 같은 기지입니다.

지금 당신의 품은 아이가 비상을 꿈꾸면서 준비하는 안전기지
역할을 잘하고 있는지, 한번 생각해보면 좋겠습니다.

32

고양이 밥을 먹어도
엄마랑 살고 싶어

아이들에게 엄마는 절대자입니다. 인간이 태어나서 아무것도 할 수 없는 갓난아기였을 때 엄마는 아이를 먹이고 입히고 가르치며 절대 권력을 무한 섬김으로 표현합니다. 그런데 아이가 서너 살이 되고 자기주장을 하면서 엄마의 절대 권력은 서서히 움직이기 시작합니다. 아이의 습관을 바로잡겠다는 명목으로 벌을 주거나 야단을 칩니다. 아이는 엄마에게 대항할 힘이 없습니다.

열 살 지민이와 다섯 살 지수는 아동학대로 긴급 분리되어 쉼터에 3개월 있다 장기시설 입소 판정이 내려져 '즐거운 집'

에 왔습니다. 엄마는 20대 중반이나 미혼모이고 십대 중반에 지민이를 낳아 하던 일을 그만두고 정부에서 미혼모에게 지원하는 돈으로 생활했는데, 지민이가 성장하면서 들어가는 돈이 많아지고 말도 잘 듣지 않자 다시 직장에 나가게 되었습니다. 지민이와 지수는 외할머니와 외할아버지가 돌봐주었으나 밤이나 주말에는 엄마와 함께 생활했습니다. 엄마는 직장생활에서 받는 스트레스를 지민이를 붙들고 풀어냈습니다. 학교에 다니는 어린 나이에 너를 낳아 얼마나 힘든 생활을 하는지 하소연했습니다.

스트레스를 푸는 방법은 점점 다양해져서 지민이와 지수의 뺨을 때리고, 밥 대신 고양이 밥을 주어 억지로 먹게 했습니다. 손목을 칼로 긋는 자살을 시도하고 빈방에 들어가 목매달아 죽으려고 하는 것을 지민이가 발견하여 엄마를 붙들고 죽지 말라고 대성통곡을 하게 만들었습니다. 계속되는 자살 시도와 칼을 들고 난동을 부리는 술주정이 발생하면서 아동학대로 신고되어 긴급 분리된 상황이었습니다.

지민이는 자기 엄마에 대한 진술을 거부하여, 자살을 시도했다는 것과 칼을 들고 난동을 부렸다는 것 외에 자세한 기록은 없습니다. 뺨을 맞았다는 이야기나 고양이 밥을 먹었다는 이야기는 지민이가 다른 아이들과 놀면서 무의식중에 한 말입니다. 지민이는 엄마가 죽어버릴까봐 항상 불안합니다. 그래서 휴대폰에 엄마의 이동추적 앱을 깔아 실시간으로 엄마가 어디에 있는지 확인합니다. 하루에도 몇 번씩 엄마의 위치를 확인합니다.

지민이에게 엄마의 모든 행동은 어려서 자기를 낳아 힘들게 키우다 보니 어쩔 수 없이 하는 행동으로 받아들여졌고 용서되었습니다. 어떤 상황에서도 폭력은 정당화될 수 없음을 이야기해도 들으려고 하지 않습니다. 오히려 자기 엄마의 행동이 잘못되었다고 말하는 사람이 나쁘다고 말합니다.

우리는 엄마 수업을 받지 않고 엄마가 됩니다. 아이를 어떻게 돌보고 가르쳐야 하며 아이를 양육하는 과정에서 어떤 상황을 만나게 되는지, 그 상황에서 어떻게 문제를 풀어가야 하는지 알려주는 사람이 아무도 없습니다. 지금이야 인터넷으로 검색해서 다양한 정보를 얻을 수는 있으나 그 정보가 모두 나에게 유용한 것은 아닙니다. 오히려 잘못된 정보가 많아 조심해야 합니다. 나의 가치관이나 교육관 없이 인터넷에서 검색한 자료를 바탕으로 내 아이를 먹이고 입히고 가르치는 것은, 상당히 위험합니다. 설사 그렇게 한다고 해도 다른 사람과 동일한 결과를 얻기가 어렵습니다.

일란성 쌍둥이라 해도 기질과 성향이 다르고, 엄마도 첫째와 둘째를 대하는 태도가 다르기 때문에 그렇습니다. 차별하지 않고 키우겠다고 똑같이 먹이고 입히고 가르쳐도 감정적으로 끌림이 있는 아이와 거부감이 느껴지는 아이가 있습니다. 아이 또한 엄마가 자기를 대하는 태도에서 차별점을 느끼고 더 사랑받고 싶은 마음에 일탈행동을 하기도 하고 자기를 꾹꾹 누르며 착한 아이가 되기도 합니다.

지민이는 엄마의 관심과 사랑이 그립습니다. 엄마가 또다시 괴롭힌다고 해도 엄마와 함께 살고 싶습니다. 지민이가 아빠를 닮았다는 것 때문에 지수보다 훨씬 더 많은 폭력을 당했다는 사실을 지민이도 압니다. 엄마가 수도 없이 아빠를 닮은 네가 싫다는 말을 했으니까요. 그럼에도 불구하고 지민이는 엄마가 좋습니다. 심지어 밥 대신 고양이 밥을 주면서 머리를 고양이 밥에 짓누르는 학대를 했어도 부드럽고 따뜻하게 대하는 저보다 엄마가 더 좋습니다.

엄마 또한 지민이가 없는 세상은 아무 의미가 없습니다. 엄마는 부모교육도 받고 지민이를 학대하지 않고 잘 키울 준비를 했으니 돌려보내달라고 했습니다만, 사례관리 담당자가 만나본 후 재학대가 일어날 소지가 있다고 판단해서 원가족 복귀를 보류시켰습니다. 거기에서 끝날 엄마가 아닙니다. 엄마는 미혼모를 지원하는 단체에 도움을 요청하여 단체를 돕는 법무법인 세 군데에서 원가족 복귀를 보류한 행정기관과 지민이를 양육하고 있는 저를 대상으로 소송을 걸었습니다.

원가족 복귀를 보류시킨 행정기관 담당자나 저는 지민이가 진심으로 사랑받고 존중받는 환경에서 성장하기를 바라는 마음이었으나 한계가 있었습니다. 결국 지민이는 5개월 만에 외할머니 집으로 갔습니다. 친인척 가정위탁 형식을 빌려 외할머니 집으로 갔으나 외할머니 집에는 엄마가 있고 외할머니는 엄마의 행동을 제어할 힘과 능력이 없습니다. 재학대가 일어날 소지가 있음에도 불구하고 어쩔 수 없이 돌려보내기는 했으나 마음이 편하지 않습니다.

이 세상의 모든 아이가 사랑받아 마땅한 존재로 인정받고 존중받으며 성장할 수 있도록 부모 수업이 중학교 교과 과정으로 들어갔으면 좋겠습니다. 부모가 된다는 것이 어떤 것이며 부모의 역할은 무엇인지 배운다면 지금보다는 아동학대 사건이 줄지 않을까 싶습니다. 지금은 지식보다 삶의 태도가 행복과 불행, 성공과 실패를 가르는 시대이니, 나와 내 자녀의 삶의 태도는 어떠한지 점검해볼 시점입니다.

거짓말을
사실로 믿는 민지

민지는 거짓말을 사실로 믿습니다. 아니 민지 입장에서는
분명히 사실인데 다른 사람은 자꾸만 거짓말이라고 합니다.
억울하고 분해서 울며 사실이라고 호소하지만 도리어 왜 거짓
말을 사실이라고 우기냐고 혼이 납니다. 아무리 설명하고 증
명해도 민지는 이해가 되지 않습니다. 언제부터 왜 그렇게 거
짓을 사실이라고 믿게 되었는지 모릅니다. 우리는 이런 증상
을 리플리 증후군이라고 합니다.

리플리 증후군은 소설《재능 있는 리플리 씨》의 주인공 '리
플리'의 이름에서 유래했다고 합니다. 미국의 작가 패트리샤
하이스미스가 1955년에 쓴 범죄 소설에 등장하는 반항아적 기

200

질의 주인공 톰 리플리는 친구이자 재벌의 아들인 디키 그린리프를 죽인 뒤, 대담한 거짓말과 행동으로 그린리프의 인생을 가로챕니다. 즉 톰 리플리가 아닌 디키 그린리프의 삶을 살아간 것인데, 그린리프의 시체가 발견되면서 그의 거짓된 삶은 막을 내린다는 이야기입니다.

우리나라에도 《왕자와 거지》라는 번역된 동화가 있습니다. 영국의 왕궁에서 헨리 8세의 아들 에드워드 튜더가 태어났고, 같은 날 런던의 뒷골목에서는 술주정뱅이 거지의 아들인 톰 캔티가 태어났습니다. 어느 날 우연히 왕궁 주변에서 돌아다니는 톰을 보게 된 에드워드는, 톰을 윽박지르는 경비병에게 아버님의 백성을 함부로 대하지 말라며 도리어 꾸짖고는 그를 안쓰럽게 여겨서 친히 왕궁으로 불러들입니다. 그렇게 친구가 된 두 소년은 재미 삼아서 옷을 바꿔 입었는데 놀랍게도 톰과 에드워드는 똑같이 생겨서 겉보기에는 둘을 전혀 구분할 수 없었습니다.

그렇게 시작된 놀이가 톰은 거지에서 왕자로, 에드워드는 왕자에서 거지로 살아가게 만듭니다. 에드워드의 아버지 헨리 8세가 사망했다는 소식을 듣고 왕궁으로 돌아간 에드워드는 다행히 톰이 그동안의 일들을 솔직하게 이야기해주어 원래 자기 신분으로 돌아간다는 이야기입니다.

《왕자와 거지》처럼 솔직하게 자신의 거짓을 이야기하고 돌이킬 수 있다면 얼마나 좋을까요?

다섯 살에 만난 민지는 여덟 살이 되었습니다. 직접 보지 않으면, 작고 왜소한 민지가 불쌍한 표정으로 자신의 주장을 호소하면 저도 '사실인가?' 하는 생각을 할 때가 한두 번이 아니었습니다. 가장 큰 피해자는 아홉 살 하늘이입니다. 하늘이는 갓난아기 때부터 사랑을 듬뿍 받고 부족함이 없이 자라, 다른 친구를 때리거나 약 올리지 않습니다. 민지는 기분이 좋지 않은 상황에서는 하늘이가 옆으로 지나만 가도 형이 자기를 때렸다고 울고불고합니다. 하늘이가 내가 언제 때렸냐고 하면 '형이 때렸잖아'라고 악을 쓰면서 불쌍한 표정으로 웁니다. 하늘이가 민지 곁을 지나가는 상황을 직접 보지 않으면 민지의 말을 믿을 수밖에 없도록 만듭니다.

하늘이는 억울하고 분해서 펑펑 웁니다. 누구의 말을 믿어야 할지 모르는 상황이 반복되었습니다. 그러던 어느 날 제가 보고 있는데 민지가 누워서 발로 두 살 아래 주니를 발로 툭툭 차는 것을 보았습니다. 처음에는 "형, 하지 마"라고 말하던 주니가 계속되는 민지의 행동에 저를 부르며 울었습니다. 민지는 언제 내가 발로 찼냐고 도리어 화를 내며 자기는 그런 적 없다고 딱 잡아뗍니다. 내가 직접 보고 있었다고 해도 아니라고 우기며 억울하다는 듯 소리를 지릅니다. 내가 직접 보았고 네가 주니를 발로 톡톡 찬 것 맞다고 사과하라고 했더니 자기는 발로 찬 게 아니라 건드린 거라고 말을 바꿉니다. 너는 건드렸다고 생각할지 모르지만 내가 보기에 발로 찼고 주니도 그렇게 느꼈으며, 하지 말라고 하는데 계속한 것도 맞으니 사과하라고 했습니다. 그러자 할 수 없이 '미안해' 하고 건성으로 사과합니다. '내가 발로 너를 차서 미안해'라고 진심으로 사과하라고 하는데 여전히 성의 없이 미안해를 되뇌어서, 진심으로 사과할 때까지 반복하게 했습니다. 그리고 민지가 자신이 거짓말을 했다는 사실을 인지하기를 바랐습니다.

리플리 증후군은 상습적으로 거짓된 말과 행동을 일삼는 반사회적 인격 장애로 사회적인 물의를 일으키거나 타인에게 심각한 금전적, 정신적 피해를 입힐 위험이 있으나 의학적으로 진단받기는 쉽지 않고 치료약도 없다고 합니다. 거짓과 참을 증명하기가 어렵기 때문입니다.

문제는 민지를 리플리 증후군이 있는 아이로 낙인찍어버릴 수는 없다는 사실입니다. 어떻게 해서라도 성인이 되기 전에 거짓을 사실로 믿는 것에서 벗어나 사실과 거짓을 구별할 수 있도록 해야 합니다. 그렇다고 스토커처럼 민지를 따라다니며 관찰할 수도 없습니다.

저는 네가 알고 있는 것이 사실이 아닐 수 있다는 것을 인정해야 한다고 말합니다. 아무리 울면서 억울하다고 해도 거짓에 대하여는 단호하게 인정하도록 하고, 비난하거나 정죄하지 않고 긍정적인 경험을 쌓아가도록 합니다. 이런 시간이 쌓여 민지가 성인이 되었을 때는 거짓을 사실로 믿는 일이 없기를 간절히 바라는 마음입니다.

우리는 100명 중 99명이 거짓을 사실이라고 말하면 사실을 말하는 한 사람의 말이 거짓이 되는 세상에 살고 있습니다. 5차원 전면교육의 원동연 박사님은 지식이란 참과 거짓을 구별하는 능력이라고 말합니다. 분명히 사실임에도 불구하고 다수의 사람이 거짓이라고 말하면 제가 알고 있는 것이 사실이 아니고 거짓인가라는 의심이 들며 혼란스럽습니다. 그렇게 사실은 거짓으로 탈바꿈하여 억울하게 누명을 쓰고 감옥에서 수십 년을 보낸 후에 사실이 밝혀져 누명을 벗는 사람도 있지만, 그렇지 못한 사람도 있습니다.

챗GPT가 등장하고 우리 삶의 주무대가 빠르게 인터넷 세상으로 이주하고 있습니다. 인터넷 세상에는 검증되지 않은 수많은 거짓된 정보가 마치 사실처럼 유포되기도 하고, 또 누군가는 그것을 믿고 퍼나르기도 합니다. 이런 세상에서 참과 거짓을 구별하는 것이 쉽지 않습니다. 그렇다고 포기할 수도 없습니다. 내게 오는 모든 지식을 만장일치로 통과시키지 말라는 고 이어령 선생님의 말씀처럼 내가 만나는 지식이 참인지 한번쯤 확인할 필요가 있습니다. 그렇지 않으면 누구라도 참과 거짓을 구별하지 못하고 거짓을 참이라 믿는 오류를 범할 수 있습니다.

내게 오는 모든 지식을 만장일치로 통과시키면, 우리도 거짓을 사실로 믿는 민지가 될 수 있습니다.

잘하는 것과
못하는 것

인간은 누구나 잘하는 것과 못하는 것이 있습니다. 정도 차이는 있으나 잘하는 것은 재미있어 더 잘하게 되고, 못하는 것은 하기 싫어 더 못하게 되기 쉽습니다. 그런데 하기 싫어도 해야 하는 일이 있고 재미있어도 하지 말아야 하는 일이 있습니다. 나에게 재미있는 일이 타인에게 불편함을 주거나 피해를 줄 수 있고, 하기 싫은 일이 꼭 해야만 하는 의무일 때가 있기 때문입니다.

남자라면 하기 싫은데 해야 하는 일 중의 하나가 군 복무가 아닐까 싶습니다. 물론 군대 생활이 체질에 맞는 사람도 있겠으나 대부분은 군 복무가 의무가 아니라면 군대에 가지 않을 겁니다. 왜냐하면 군대라는 곳은 상명하복의 규칙이 엄하며 사생활에 대한 제한이 많고 만약 전쟁이 나면 전방에서 나라를 위해 싸워야 하기 때문에 그렇습니다.

2022년 2월 시작되어 1년이 넘게 이어지고 있는 우크라이나와 러시아의 전쟁 상황이 실시간으로 보도되다 보니, 서로 간 죽고 죽이는 현실에 소름이 돋습니다. 우크라이나와 러시아의 젊은이들은 가고 싶지 않아도 그 나라의 국민이고 국방의 의무를 다해야 한다는 이유 하나로 전쟁터로 내몰려 목숨을 담보로 싸움을 하고 있습니다.

지금 당장 우리나라에 전쟁이 일어나는 것은 아니지만, 남북이 대치하는 상황에서 언제라도 전쟁이 일어날 가능성은 내포하고 있습니다. 뿐만 아니라 가끔은 군 복무 중 사고로 죽음을 맞이한 병사들 뉴스가 보도되면서 군대에 아들을 보낸 부모들은 가슴을 쓸어내릴 수밖에 없습니다. 이런 상황에서 아들을 편안하고 즐거운 마음으로 군대에 보낼 부모는 아무도 없을 겁니다.

재민이는 대학교 1학년을 마치고 입대했습니다. 논산훈련소까지 태워다주겠다고 했지만 그냥 기차역까지만 태워주시면 자기가 알아서 가겠다고 해서 기차역에 내려주었습니다.

마치 학교 가듯 껑충껑충 뛰어 기차 역사 안으로 들어가는 것을 보고 돌아왔습니다.

5주간의 훈련을 마치고 자대배치를 받을 때 자기는 리더십이 부족한 것 같아 군 복무하는 동안 리더십을 키우면 좋겠다고 판단해서 논산훈련소 조교로 자원했다는 연락을 받았습니다. 전방에서 군 복무하는 것보다 훨씬 좋고 리더십도 배울 수 있으니 좋겠다는 생각을 했습니다. 그런데 책을 많이 읽고 자기 논리가 분명한 재민이에게 군 생활은 만만하지 않았습니다. 국가가 먼저냐 민족이 먼저냐는 질문에 모두가 국가가 먼저라고 하는데 혼자 민족이 먼저라고 했다고 합니다. 국가가 먼저라고 설득하는 중대장님과 논쟁하면서 전혀 밀리지 않는 논리로 맞서다 휴식 시간 종이 울려 멈추면서 문제 있는 놈으로 찍히게 됩니다.

5주간의 훈련을 마치고 소감을 쓴 것이 국방일보에 실리면서 특별휴가를 받게 되자 완전히 미운털이 박혀버렸다는 사실을 재민이만 몰랐습니다. 조교로 군 복무가 시작되면서 눈치 빠르게 행동하지 못하는 재민이는 선임의 구타를 피할 수 없었고, 사회에서는 우등생이었을지 모르지만 군대에서는 인간쓰레기 같은 놈이라는 말까지 들었습니다.

견디다 못한 재민이는 이렇게 사느니 죽는 것이 낫겠다는 생각을 하게 되었는데, 그래도 나를 키워준 엄마에게는 죄송하다는 말을 해야 할 것 같아 일과를 마치고 저에게 전화를 해서 자신의 상황과 심정을 토로했습니다. 죽어버리겠다고요. 청천벽력 같은 말에 저는 오늘 밤만 참고 견디면 내일 내가 가서 해결하겠다고 했습니다. 엄마가 무슨 힘으로 해결하느냐고 우는 재민이에게 자식을 위해서라면 목숨도 내어놓을 수 있는 것이 엄마인데 자식이 죽겠다는데 무슨 짓을 못하겠느냐, 내일 가서 중대장을 만나 담판을 지을 테니 제발 엄마를 위해서라도 오늘 밤만 참아달라고 애원했습니다.

그리고 저는 요동치는 심장을 끌어안고 밤새도록 간절히 기도했습니다.

다음 날 아침 일찍 전화가 다시 왔습니다. 어젯밤에 선임하고 얘기했는데 그냥 견뎌보기로 했다고, 오지 않으셔도 된다고 합니다. 정말 안 가도 되느냐고 했더니, 걱정 끼쳐 죄송하다고 합니다.

재민이는 하루가 일 년 같은 2년의 시간을 견디며 비싼 값을 치르고, 못하는 것을 잘하도록 노력할 것이 아니라 잘하는 것을 더욱 잘하도록 하면 못하는 것은 자연스럽게 따라온다는 것을 알았다고 합니다. 저 또한 재민이를 지켜보며 못하는 것을 잘하도록 하기 위해 애쓰는 것이 얼마나 어리석은 일인가를 깨달았습니다. 못하는 것을 잘하도록 하기 위해 노력하는 시간 동안 아이는 무엇인가를 못하는 아이가 될 수밖에 없습니다. 그러면 아이의 뇌 속에는 나는 무엇인가를 못하는 아이로 각인됩니다.

저를 비롯한 부모들은 아이가 수학 문제를 푸는 것이 부족하면 수학학원에 보내고, 영어를 못한다고 영어학원에 보냅니다. 그래야 되는 줄 알았습니다. 물론 기본적인 것이야 배우는 것이 좋겠지만, 못하는 것을 잘하도록 끌어올리기 위해 매달릴 필요가 없습니다. 아이가 재미있게 잘하는 것을 발견하여 더욱 잘하도록 응원하고 지원하면 그 분야에서 탁월한 재능을 발휘할 수 있는데, 저는 오랫동안 어리석게도 못하는 것을 끌어올리려고 몸부림쳤습니다.

대한민국 국민이 사랑하고 응원한 피겨여왕 김연아 선수나 마린보이 박태환 수영선수가 그 예가 아닐까 싶습니다. 김연아 선수나 박태환 선수가 처음부터 탁월한 재능을 보이지는 않았습니다. 재미있게 잘하니까 더욱 잘하도록 응원하고 지원한 결과 세계적인 선수가 된 것입니다.

혹 오늘도 내 아이의 부족함만 보지는 않습니까? 아이가 재미있게 잘하는 것을 발견하여 더욱 잘하도록 응원하고 지지하는 것은 어떨까요?

35

보내는
마음

    내가 배 아파 낳은 아이를 떠나보내는 엄마의 마음은 다 똑같습니다. 성인이 되어 독립을 시키거나 공부하기 위해 멀리 떠나는 아이를 바라보는 엄마의 마음도 잘 해낼 수 있을지 걱정되는데, 네 살 어린아이를 키우기 힘들어 누군가에게 보내는 그 마음은 어떨까요? 가슴을 도려내는 아픔을 견뎌야 할 것 같습니다. 연수의 어머니 마음이 그랬습니다.

    연수는 네 살입니다. 감기를 몸에 달고 살고 기관지가 약해 조금 성장해서 일정한 몸무게가 되면 기관지 확장 시술을 해야 한다고 합니다. 엄마는 혼자 연수를 낳았습니다. 잘 키워보려고 했지만, 누군가의 도움 없이 혼자 아기를 돌보며 돈을 번

다는 것은 너무나 힘든 일이었습니다. 안전하고 믿을 만한 곳에 아기를 맡겨야 했습니다. 보육교사 자격증이 있는 엄마는 아이를 어떻게 양육해야 하는지 잘 압니다. 그러나 어쩔 수 없이 최대한 잘 돌봐줄 사람을 찾다가 가정위탁제도를 발견하였고 '어린이재단'을 통해 저에게 보냈습니다.

가정위탁으로 온 연수는 처음 보는 아줌마 아저씨를 낯설어하지 않고 엄마와 분리되는 것을 불안해하거나 두려워하지도 않았습니다. 성격이 차분하고 온순하여 두 살 많은 형과 형제처럼 잘 놀고 밥도 잘 먹고 잠도 잘 잤습니다. 그러나 연수를 보내는 엄마의 마음은 불안하기만 합니다. 일주일 전부터 연수를 보내기 위해 짐을 싸고 마음도 갈무리하면서 울음을 삼키다 연수를 보내기 이틀 전 저에게 편지를 썼습니다.

선생님 감사합니다.

연수를 보내기 위해 며칠 전부터 준비하다가 이틀 전 이 글을 씁니다. 시간이 점점 흘러 약속된 날짜가 다가올수록 그동안 연수와 함께한 시간과 앞으로의 변화가 겹치면서 이런 결정이 혹시 연수에게 큰 상처가 되지 않을까, 세월이 흘러 원망과 한탄으로 내 가슴에 비수를 꽂지 않을까, 나는 과연 잘 해낼 수 있을까라는 두려운 마음으로 잠 못 이루며, 연수를 위하는 길은 떨어져 있는

시간의 미안함이 아니라 준비된 미래라고 토닥토닥 스스로 위로
합니다.

나는 연수에 대한 감정이 이런데 내 부모는 나처럼 그랬을까 하
는 생각에서 출발해 나 같으면 자식이 어떠하다면 이렇게 해주
었을 텐데…라는 유년 시절의 상처까지 더듬어 올라가며 내 부
모의 양육 방식과 사고방식이 자꾸 비교되어 어찌할 바를 몰라
서 슬퍼지고 괴롭습니다.

(…중략…)

선생님을 처음 뵌 그날 비로소 걱정과 두려움과 난해함에 휩싸
였던 제 마음의 실타래를 풀어낼 수 있었습니다. 그것은 현실과
희망 사이에 무엇이 필요한 것인지를 알고는 있지만 실천을 못
하고 두려워하는 저에게 듬직하고 의사소통이 잘되는 내 편이
되어주는 한 사람, 나를 아낌없이 믿고 지원사격해주는 사람을
만난 그런 느낌이었습니다. 단 한 번도 부모님에게 받아보지 못
한 기대감을 선생님께 그리고 어린이재단 가정위탁지원센터를
통해 느끼게 되었습니다.

선생님, 연수는 제 희망이자 제 인생의 가능성입니다. 연수를 통
해서 인생을 가치 있게 설계하는 일이 행복해졌고 한 인간으로
서 세상을 배워나가는 것이 즐거워졌습니다. 연수는 남자 아이지
만 여자 아이 같은 감성을 가지고 태어났습니다. 인형과 대화하

는 것을 좋아하고 건강하기는 하나 기관지가 다른 아이보다 조금 좁은 편이라 감기가 쉬 걸려 날씨가 추워지면 목도리를 꼭 해주어야 합니다. 증상이 완화되지 않으면 기관지 확장 시술을 해줄 수도 있다고 합니다. 또한 밥 먹을 때 '맛이 어떠니?'라고 물어봐주는 것을 좋아하고 잠자리에 들어서도 쉬 잠을 자지 못하며 한 시간 정도 뒤척이다 잠이 듭니다. 나름 잘 키우려고 노력했는데 부족함이 많은 아이입니다. 선생님의 따스한 사랑으로 천천히 지켜봐주세요.

연수 엄마 드림

차분하고 섬세하며 꼼꼼하게 관찰하고 표현하는 연수는 저에게 와서 모든 가족의 사랑을 받으며 밝고 건강하게 성장했습니다. 명절 때나 연휴 때는 광주 엄마 집에 다녀오기도 했는데 연수가 일곱 살이 된 해 겨울, 연수 어머니가 이제 연수와 함께 살 준비가 되었으니 데려가겠다고 했습니다. 연수가 광주에 오면 선생님 이야기와 안성 집 이야기만 해서 이러다 아이를 빼앗기는 것 아닌가? 라는 두려움이 생긴다고, 시간이 더 지나면 연수와의 추억이 없을 것 같다고 했습니다. 초등학교에 입학하고 나면 연수와 점점 멀어지고 공유하는 추억이 없어 연수와의 관계 좁히기가 안 될 것 같다고, 조금 힘들지만 자기가 키우겠다고 해서 연수는 자기를 낳아주고 사랑해주는 엄마 곁으로 갔습니다.

저에게는 연수와의 지난 4년이 소중한 추억으로 남았습니다. 밝고 건강한 성장 에너지를 뿜어내어 저를 기쁘게 하던 연수를 보내는 저의 마음은 연수를 배 아파 낳은 엄마의 마음과는 비교할 수 없습니다. 그러나 연수가 행복하게 잘 살기를 바라는 마음으로 편지를 쓰는 것은 어쩌면 연수 엄마의 마음과 같을 겁니다.

우리는 그렇게 만나고 또 헤어집니다.

36

따라쟁이

인간이 태어나 성장하면서 말하고 걷고 뛰고 생각하는 모든 행동이 자연스럽게 되는 것 같지만, 모든 것은 듣고 보고 따라 하며 모방을 통해 배우는 것입니다. 그래서 부모님이나 선생님의 지시를 따르고 소셜 미디어의 최신 트렌드를 따르는 것은 자연스러운 일이지만, 맹목적으로 다른 사람을 따르는 것은 부정적인 결과를 초래하고 자신의 목소리와 생각을 잃게 합니다.

다섯 살에 만난 우연이는 따라쟁이입니다.
한부모 가정 출생으로 엄마와 동생은 장애가 있고 방임으로 신고되어 분리되었으며 다섯 살까지 기저귀를 차고 우유병에 우유를 담아 먹는다는 것이 제가 전달받은 우연이의 과거입니다. 우연이는 엄마와 분리되어 생면부지 아줌마를 만나 낯선 환경에 직면해서도 울거나 두려워하지 않았습니다. 긴급 분리된, 기저귀를 차는 다섯 살 어린아이라고는 믿기지 않을 정도로 새로운 환경이 신기한듯 마당과 텃밭을 누비며 벌레를 잡고 신나게 놀며 즐거워했습니다.

우연이의 성향을 파악하기 위해 지켜보면서 독특한 점을 발견했습니다. 우연이는 자기 생각대로 무엇인가를 하는 일이 없습니다. 시간이 지나면서 한 살 위 형을 스토커처럼 따라 하는 것이 문제가 되기 시작했습니다. 형은 영화를 보거나 동화를 듣고 자기만의 생각으로 영화나 동화에서 감동했던 부분을 블록이나 색종이로 만들어냅니다. 그것은 자기만의 고유한 작품으로 누가 따라 하는 것을 아주 싫어합니다. 그런데 우연이는 형이 싫어하거나 말거나 따라 했습니다. 형의 말과 행동은 물론 먹는 것과 입는 것까지 모두 형처럼 하려고 했습니다.

보통 동생이 형이나 언니를 따라 하는 것은 성장 과정에서 자연스러운 일인데, 우연이의 따라 하는 행동은 자연스러움을 넘어 집착에 가까웠습니다. 자기 생각은 없고 다른 사람만을 따라 하게 되면 스스로 생각하는 힘을 기를 수 없고, 자기만의 고유함을 잃게 되어 우연이만의 삶을 살 수 없기 때문에 습관을 바꾸어주기 위해 다양한 시도를 했습니다.

　가장 먼저 '너는 누구니?'라고 묻고 우연이라고 답하면 너는 우연이고 우연이로 살아야 한다고 가르쳤습니다. 계속해서 형을 따라 하기만 하면 우연이로 사는 것이 아니라 형의 그림자로 사는 것이라고 말하고, 형의 그림자로 살면 이름을 우연이가 아닌 '형의 그림자'로 바꾸어야 한다고 하며 이름을 바꿀 거냐고 물었습니다. 아이들은 생각보다 자기 이름에 대한 애착이 커서 자기 이름을 바꾸는 것에 대한 강한 거부감이 있습니다. 그래서 이름을 바꾸고 싶지 않으면 네가 생각해서 말하고 행동하라고 했습니다.

　그 외에도 아이스크림을 먹을 때 형과 똑같은 아이스크림을 먹고 싶어 해서 다른 아이스크림 두 개를 꺼내놓고 형님 먼저 선택하게 했습니다. 우연이도 형이 먹는 아이스크림을 먹고 싶다고 할 때도 너는 형이 아니고 우연이고, 우연이는 형과 다른 아이스크림을 먹을 수 있다고 이야기하고 같은 아이스크림을 주지 않았습니다. 형이 콘 아이스크림을 먹으니까 나도 콘 아이스크림을 먹는 것이 아니라 형은 콘 아이스크림을 먹어도 나는 막대 아이스크림을 먹을 수 있는 다른 존재라는 것을 인식하도록 의식적으로 노력했습니다.

우리는 다름을 인정하지 않는 문화에서 성장했습니다. '모난 돌이 정 맞는다'는 말을 수도 없이 들으며 그냥 표준으로 살기를 강요받았습니다. 그러다 보니 자연스럽게 나는 없고 다른 사람들 사는 것처럼 규격화된 삶을 살았습니다. 그렇게 사는 건 줄 알았습니다. 어쩌면 우연이는 그런 삶에 최적화되어 있는지도 모릅니다. 그러나 따라쟁이로 행동하게 될 경우, 자기 생각을 표현하지 못하고 크고 작은 선택 앞에서 쉽게 결정하지 못하고 타인 의견에 의존하게 됩니다. 자신만의 고유한 창의성과 독창성을 잃어버리고, 불확실한 자기 인식으로 내가 어떤 사람이고 뭘 좋아하고 싫어하는지, 어떤 사람으로 살고 싶은지에 대한 정체성을 형성하지 못합니다. 또한 자신의 행동이나 결정의 책임을 타인에게 전가할 위험이 있으며, 자신의 의견이나 판단을 미루는 결정장애가 올 수도 있습니다.

우연이는 바람직하지 않은 행동을 했을 때 야단을 치면 항상 형 때문이라고 형 핑계를 댑니다. 형이 그렇게 해서 따라 했을 뿐이니까 자기는 잘못하지 않았다고 말합니다. 나는 잘못하지 않았는데 왜 내가 혼나야 하느냐고 떼를 쓰고 웁니다. 그런 우연이의 말과 행동이 자기 자신에게 향하도록 우연이가 좋아하는 것이 무엇인지 살펴보았습니다. 우연이는 꼬무락꼬무락 종이접기를 좋아했습니다. 작은 손으로 야무지게 접는 것이 신기하기까지 할 정도로 동영상을 보고 잘 접었습니다. 한껏 칭찬을 해주고 색종이를 마음껏 사용하게 해주니 다양한 팽이를 접어서 형과 같이 놀고 팽이 접는 법도 형에게 알려주었습니다. 비로소 우연이가 되었습니다.

우리는 모방을 통해 배웁니다. 그러나 보고 듣고 배운 것을 내 안에서 숙성하여 나만의 것으로 재탄생시킬 때 비로소 그것들은 온전히 내 것이 됩니다. 내 삶에 고유번호를 부여하고 타인의 삶이 아닌 나의 삶을 살 때 가장 멋지고 아름답습니다.

혹여 지금 누군가를 따라 하는 일에 익숙한 분이라도, 이제부터라도 조금 신경 쓰면서 내 삶에 고유번호를 부여하고 나의 길을 꿋꿋이 걸어가도록 노력하는 것이 어떨까요?

37

비켜가는
대화

대화를 한다는 것은 서로가 상대방 말에 공감하고 반응하는 것을 말합니다. 그런데 균형 있게 공감과 반응이 오고가기가 쉽지 않습니다. 특히 사춘기를 지나는 아이와의 대화는 시작은 좋았으나 비켜가는 대화를 넘어 부딪치는 대화로, 끝은 감정이 상해서 속상하고 섭섭하고 화가 나는 때가 많습니다. 한두 번 그런 일이 반복되면 아이가 대화 자체를 거부하여, 차츰 아이의 속마음을 알 수 없어 답답해집니다.

엄마는 자기가 성장하며 배우고 경험한 것을 바탕으로 아이를 가르치려고 합니다. 그러나 아이는 인지구조가 다른 선진국형 사고를 합니다. 간단명료하게 말하길 바라고 관심 있는 주제나 취미에 대해 이야기하길 원합니다. 반면에 엄마는 구구절절 설명하고 아이의 관심이나 취미보다 진로를 위해 해야 할 것들에 대해 이야기합니다. 일상적인 대화도 늘 방향이 공부와 진로입니다. 엄마가 생각하는 좋은 대학 가서 안정적이고 인정받는 직장에 취직하는 것이 바탕에 깔려 있습니다. 아이는 귀신같이 엄마의 속마음을 알고 대화를 거부합니다.

승진이와의 대화가 늘 그렇습니다. NVC-비폭력 대화법을 공부하고는 지시하고 명령하는 것이 아닌 아이의 생각을 존중하고 인정하는 것으로 대화를 시작해보려고 하지만, 승진이는 시작이 잘못되었다고 화를 냅니다. 얼마 전 승진이 진로를 생각하다 문득 카카오톡으로 '사회복지사 자격증 공부를 해보면 어떨까?'라고 물었습니다. 아이들을 좋아하고 다양한 취미가 있으니 사회복지사 자격증을 취득해서 아이들 대상의 일을 하면 좋겠다는 생각이 들었거든요.
승진이는 어안이 벙벙해서 갑자기 무슨 사회복지사냐고, 뜬금없다고 합니다. 자신도 나름의 계획이 있는데 아무 설명 없이 그렇게 말하면 굉장히 당황스럽다며 너무 일방적으로 말하는 것 아니냐고 합니다. 엄마의 계획에 자기를 포함시켜 생각해놓고 통보하지 말라고 합니다. 자기는 자기가 0순위이고 엄마 계획에 맞추어주는 사람이 아니니 이런 식으로 대화하지 않았으면 좋겠다고 합니다.

저 같으면 가볍게 왜 그런 생각을 했느냐고 물어볼 것 같은데, 승진이의 반응은 완전히 달랐습니다. 그냥 한번 물어보았다고 얼버무렸는데, 승진이의 반응에 한참을 고민했습니다. 정말 내가 잘못한 걸까, 승진이와 대화를 하려면 어떻게 해야 할까, 나는 왜 그렇게 결론부터 툭 던지듯 말하고 나중에 설명했을까, 라는 생각을 하느라 그날은 아무것도 할 수 없었습니다.

저의 무엇이 승진이에게 신뢰감을 주지 못하는 걸까요?

독서모임에서 《당신이 옳다》는 책을 읽고 토론을 했습니다. 저자는 30년 정신과 의사로 일하며 1만 2천 명의 속마음을 듣고 이야기한 경험을 모아 심리적 CPR 지침서를 제시합니다. 적정심리학에서의 공감은 CPR을 할 때 두꺼운 옷을 젖히고 정확하게 가슴 위 중앙 맨살 위에 손을 얹어 압박하듯 상대방을 포장한 모든 것을 걷어내고 존재 자체로 인정하고 존중하는 것이라 합니다. 상대가 하나의 존재로서 느끼는 감정이나 느낌에 정확하게 공감할 때 사람의 속마음은 열린다고 합니다.

그동안 알고 있던 공감과는 조금 다른 공감이었습니다. 단순히 어려움을 이야기하는 상대방의 말에 감정이입되어 함께 눈물 흘리는 공감이 아닌, 상대방이 느낄 수밖에 없는 감정을 인정하고 존중하며 함께 아파하는 공감, 그 공감이야말로 한 인간을 살리는 공감이라고 말합니다. 그런데 모두가 이구동성으로 하는 이야기는 실천하기가 쉽지 않고, 특히 남에게는 되는데 가족에게는 안 된다고 했습니다. 내가 특별히 공감 능력이 떨어져서 그런 것이 아니라는 사실에 위로받는 시간이었습니다.

아이는 잘 돌보고 가르쳐야 하는 대상이라는 인식이 한발 앞서갑니다. 아이가 무슨 말을 하면 해답을 제시해주어야 할 것 같고 문제를 해결하도록 도와주어야 할 것만 같습니다. 아이가 원하는 것은 문제해결이 아닌 문제 상황에서 느낀 마음의 갈등을 알아달라는 것인데, 엄마는 문제를 해결해주려고 서두릅니다. 엄마와 아이의 대화가 비켜가는 이유입니다.

누구에게나 엄마는 필요합니다. 그러나 모든 순간에 엄마가 필요한 것은 아닙니다. 사춘기를 지나 스스로 생각하고 인생을 설계하길 원하는 시기에는 한 발 떨어져서 아이를 지켜보며 따뜻한 미소로 응원의 메시지를 보내는 것도 엄마의 지지를 전달하는 하나의 방법입니다. 우리는 아이를 키울 때 선을 지키고 줄이 끊어지지 않도록 하며 따뜻한 온도를 유지해야 합니다. 선은 아이를 존재로 인정하고 존재를 침범하지 않는 구별을 위한 것이고, 줄은 어떤 상황에서도 연결되어 있기 위해 필요한 것입니다. 그 줄을 통해 전달되는 마음의 온도는 차갑지도 뜨겁지도 않은 따뜻함일 때 엄마와 아이 사이에는 비켜가는 대화가 아닌 오고가는 대화가 가능해집니다.

지금 나는 아이와 비켜가는 대화를 하는지 아니면 오고가는 대화를 하는지 점검하고, 만약 비켜가는 대화를 하고 있다면 이제라도 궤도를 수정해보는 것은 어떨까요?

38

엄마의
고향

아이가 태어나면 친인척 관계가 형성되면서, 아이는 자연스럽게 외할머니, 외할아버지, 삼촌, 이모, 할머니, 할아버지 등 남과는 다른 특별한 관계를 알아갑니다. 특히 엄마와 함께 갔던 외갓집에서 외할머니가 꼬깃꼬깃한 돈을 엄마 몰래 주었던 일과 김이 모락모락 나는 옥수수와 고구마 간식은 잊을 수 없는 따뜻한 추억이 되어 그리움으로 남습니다.

그런데 누구나 자연스럽게 익혀 알고 있을 것 같은 단어가 낯설고 익숙하지 않은 아이들이 있습니다.

도윤이는 외할머니, 외할아버지를 모릅니다. 할머니, 할아버지야 그냥 연로해 보이는 분들에게 하는 말이라 입에 붙는데 외할머니, 외할아버지, 삼촌, 이모라는 단어는 한 번도 사용해보지 않았습니다. 그런 단어를 모르는 것이 불편하거나 자존심 상하지는 않았습니다. 그런데 초등학교 1학년이 되니, 가족이라는 단원을 배우면서 친인척 관계를 모르는 것이 창피하고 속상했습니다. 친구들은 끝도 없이 외갓집에 놀러 갔던 이야기를 하고 삼촌과 이모와 함께 놀이 공원에 갔던 추억을 되새기는데 도윤이는 할 말이 없어 지우개만 조각조각 자릅니다. 눈치 없는 친구들은 너는 이모가 몇 명이냐, 외갓집에 놀러간 적 없느냐 등등 질문을 쏟아냅니다. '그래, 없다, 어쩔래?' 하며 눈을 치켜뜨는 도윤이가 금방이라도 주먹을 날릴 것 같아 아이들은 주춤주춤 뒤로 물러납니다.

집에 온 도윤이는 친구들이 했던 질문을 저에게 합니다. 저는 왜 이모, 삼촌이 없어요? 외할머니는요? 외갓집을 가볼 수는 없을까요? 저도 그런 추억이 있었으면 좋겠어요. 친구들은 외갓집 이야기하며 즐거워하는데 자기는 할 말이 없어서 속상했다고 눈물을 글썽입니다. 저는 가만히 안아주며 너에게도 외갓집이 있고 삼촌, 이모도 있는데 사정이 있어서 만나지 못했을 뿐이라고 다독여줍니다. 그럼 지금이라도 가볼 수 있느냐, 가보고 싶다고 조르는 도윤이에게 무엇인가 추억을 만들어주고 싶었습니다.

그래서 '엄마의 고향 방문' 프로젝트가 계획되었습니다. 도윤이를 위한 프로젝트이지만 27년 만에 고향 방문을 계획하는 저에게도 마음 설레는 일이었습니다. 거기에는 이모도 동행하기로 했습니다. 항상 저를 응원하고 지지하는 언니는 도윤이를 위해 기꺼이 도윤이 이모가 되었습니다. 엄마의 고향은 전라남도 영광으로 모시송편과 굴비가 유명한 곳입니다.

유년기를 영광에서 보낸 제가 가장 먼저 찾아간 곳은 제가 졸업한 초등학교였습니다. 제가 다닐 때는 800명이 넘었던 전교생이 지금은 32명뿐인 작은 학교가 되어 있습니다. 27년 만에 찾은 초등학교는 운동장에 잔디가 깔려 있고, 아름드리나무가 있던 자리에는 화단이 자리하고 있습니다. 본관은 그대로이나 별관이 새로 생기고, 번화가로 도심처럼 느껴졌던 학교 주변은 이제 보니 한적한 시골 마을이었습니다.

도윤이는 엄마가 다녔다는 학교가 신기합니다. 조용하고 사람이 보이지 않으며 각종 화초가 화려하게 꽃을 피운 화단이 아름다운 정원에 놀러 온 것 같습니다. 지금 수업 중이니 조용히 둘러보았으면 좋겠다는 경비 아저씨 말씀에 조용조용 한 바퀴 둘러보고 학교 앞 면 소재지에 있는, 인터넷에서 맛집으로 검색되는 짜장면집으로 갔습니다. 허리를 숙이고 들어가는 허름한 집에 사람들이 바글바글합니다. 도윤이는 엄마가 어렸을 때도 이 짜장면집이 있었느냐고 묻는데, 저는 짜장면을 먹어보지 않아 기억에 없습니다.

두 번째로 찾아간 곳은 제가 살았던 집이었습니다. 열다섯 가구가 있었던 작은 동네에서 서울대학교에 3명이나 진학해 인근에서 유명했던 동네가 지금은 텅텅 비어 있습니다. 집 앞 논은 감나무 과수원으로 변했고, 제가 살았던 집의 절반은 허물어지고 거미줄이 주렁주렁 매달려 있습니다. 도윤이는 이런 집에서 엄마가 살았다는 사실이 믿기지 않아 여기서 어떻게 살았냐고 묻고 신기한 듯 자꾸만 안으로 들어가보려고 합니다. 금방이라도 귀신이 나올 것 같은 폐가에는 출입금지 팻말이 달려 있습니다. 저는 거미줄 사이로 추억을 더듬거리고 도윤이는 엄마의 역사를 담습니다.

고향이 없는 아이들을 위해 무엇을 할 수 있을까요?

고향이 없는 아이들은 가족과 함께 있는 시간도 적고, 자신에 대한 정체성을 혼란스럽게 느끼기도 합니다. 이러한 아이들을 위해서 성이 다른 아이들이 만나 특별한 가족이 된 '즐거운 집'에서는 함께 추억을 쌓아갑니다. 도윤이는 엄마가 다녔던 학교에 가보고, 엄마가 살았던 집에 들어가보고, 엄마가 먹었던 영광굴비를 먹으며 엄마의 옛날을 공유하지만, 그것은 엄마의 고향일 뿐 도윤이의 고향은 아닙니다.

도윤이의 고향은 집 앞에 냇가가 흐르고 잔디마당에서 형들과 야구를 하며 킥보드를 타고 은행나무길을 따라가다 논길로 접어들어 동네 한 바퀴를 도는 지금 이곳입니다. 사계절 변화를 몸으로 느끼며 곤충과 벌레를 관찰하고 자연과 함께 성장한 도윤이에게 고향은 정체성이고 따뜻함이며 살아갈 힘의 원천으로 도윤이의 정서적 자산이 됩니다. 그것이 유년 시절을 보낸 자연환경일 수도 있고 따뜻한 엄마 품일 수도 있습니다.

여러분의 아이는 정체성의 근원이자 정서적 자산이 되는 고향을 어떻게 만들어가고 있나요?

39

차가운
사랑

사람들은 제가 가정위탁 부모로 봉사하고 돌봄을 받지 못하는 아이들을 돌보며 사는 것을 보고 엄청난 봉사와 희생정신이 있고 사랑이 많은 사람이라고 생각합니다. 그리고 대단하다고 말합니다. 흔히들 말하는 사랑은 보통 정적이고 뜨거운 사랑을 의미하기 때문에 저에게는 그런 사랑이 없다고 말하면 의아해하고 믿지 않습니다. 겸손하다고 생각해서인지 그래도 사랑이 많으니까 그 일을 하는 것이지 자신들은 못한다고 합니다.

정말 그럴까요? 저에게 뜨거운 사랑이 넘쳐서 키우기 어려운 아이들을 키울 수 있는 걸까요?

대소변을 못 가리고 말을 잘 못하며 걷지도 못하는 여섯 살 아이인데 입소 가능한 기관을 찾고 있다는 공지가 떴습니다. 여섯 살이면 일곱 살, 아홉 살 아이들과 잘 놀 수 있을 것 같아 저희 집에 입소 가능하다고 손을 들었습니다. 담당 주무관은 워낙 문제가 많은 아이라 입소 문의가 조심스러웠는데 받아주 겠다고 해서 너무 감사하다고 했습니다.

절차를 밟고 오기까지 한 달의 시간이 있습니다. 그동안 새 로운 아이가 생활할 공간을 준비하고 가족회의를 통해 새로운 친구가 오게 되었다는 소식을 전합니다. 아이들은 새로운 친 구가 궁금합니다. 몇 살인지, 이름은 무엇인지, 뭘 좋아하는지, 잘하는 것이 무엇인지, 혹 싫어하는 것이 있는지 질문은 끝도 없이 이어집니다. 나이보다 많이 기본생활 습관이 안 되어 있 다는데, 아이들에게 구체적으로 설명할 수 없어 아직은 잘 모 르고 와봐야 안다고 말해주었습니다. 아이들은 설레는 마음으 로 기다립니다.

유민이는 양쪽 고막이 터지고 장이 파열되어 병원에 와서 진료를 하던 의사 선생님에 의해 아동학대로 신고되었고 긴급 분리되었습니다. 쉼터에 있는 동안 언어치료를 받은 덕분에 그나마 말하는 것이 상당히 좋아지는 단계라고 했습니다. 드 디어 그날이 왔습니다.

설레는 마음으로 기다리는 저에게 유민이는 아동보호전문기관 담당 선생님과 함께 조심스럽게 들어왔습니다. 첫인상이 중요합니다. 저는 아이를 처음 만날 때 어떻게 해야 하는지 압니다. 아이들은 초콜릿 하나에도 두려움을 걷어내고 좋아하는 장난감에는 마음을 엽니다. 저는 "안녕, 반가워" 하고 인사를 건네고 로봇 장난감을 내밀며 혹시 이런 장난감 좋아하는지 물었습니다. 으레 만나면 묻는 이름도 묻지 않고 관심이 가는 장난감을 건네자 유민이의 얼굴은 금방 환해지고 긴장을 풀어버립니다.

유민이가 호기심을 가지고 장난감을 만지며 탐색하는 동안 저는 서류를 살핍니다. 시청 주무관으로부터 전달받은 내용과 크게 다르지 않습니다. 담당 선생님과 앞으로 어떻게 원가족과의 교류가 진행될 것인가에 대하여 이야기를 나누는 동안 저의 눈은 유민이의 말 한마디 행동 하나를 예민하게 관찰합니다. 그래야 유민이의 성향을 파악하고 어떻게 훈육하고 가르쳐야 할지 보이기 때문입니다. 문제를 구체화하고 잘게 쪼개는 과정입니다. 유민이는 생각보다 밝고 건강하고 적극적이며 낯선 환경에 쉽게 적응하는 것 같았습니다.

유민이가 왔음을 행정기관 주무관에게 알리며, 밝고 건강하며 아기같이 순수한 유민이는 가르치면 가르치는 대로 흡수할 것 같아 기대된다고 했습니다. 아동보호팀에서는 힘든 아동이라 누가 어떻게 양육할 수 있을까 걱정이 앞섰는데 유민이에 대한 희망과 즐거움으로 설레는 저의 목소리를 들으니 기분이 좋아진다고 했습니다. 아동보호팀에게 그 이야기를 전달했더니 '우리는 여기까지인가 보다'고 했다는 메일이 왔습니다.

우리는 타인의 아픔을 모릅니다.

암으로 수술하고 차라리 죽었으면 좋겠다고 생각할 만큼 통증으로 고통당할 때, 한번은 남편에게 온 전화를 받지 못했습니다. 극심한 고통에 시달리던 순간이었거든요. 그런데 남편은 전화를 받지 않았다고 화를 냈습니다. 그때 알았습니다. 내 안에서 뼈를 깎아내는 통증으로 고통스러워도 옆 사람이 모를 수 있다는 것을. 그 사실을 알게 된 후부터 다른 사람에게 내 고통을 왜 몰라주느냐고 말하지 않게 되었습니다. 저도 타인의 아픔을 모르기 때문에 그렇습니다. 누군가의 아픈 사연을 들으면 내 마음이 아파 눈물 흘리는 것이지 타인의 아픔을 아는 것은 아닙니다.

우리는 유민이의 과거 상황을 듣고 아파하며 눈물 흘리는 것이 사랑이라고 생각합니다. 그 또한 사랑일 수 있으나 그런다고 현재의 문제가 해결되는 것은 아닙니다. 현재 상황을 구체적으로 인지하고 잘게 쪼개어 하나하나 풀어나갈 방법을 찾아야 합니다. 저는 이것을 차가운 사랑이라 말합니다. 목숨보다 더 사랑하는 자식이라도 내가 자식을 대신할 수 없고 자식이 저를 대신할 수 없습니다. 자식과 나 사이에는 거리가 있고, 그 거리가 관계입니다. 유민이와 어떻게 관계를 만들어가며 유민이 안에 있는 가능성을 어떻게 발견하여 밖으로 끌어내느냐 하는 것이 '차가운 사랑'을 하는 저의 몫입니다.

《이어령의 마지막 수업》에서 고 이어령 선생님은 내가 유일한 존재가 되었을 때 비로소 남을 사랑하고 끌어안고 눈물을 흘릴 줄 알게 된다고 말합니다. 자식에게 목숨 걸고 사는 것만이 자식을 사랑하는 것이 아니라 내가 나로 존재할 때 비로소 자식을 사랑할 수 있다는 것입니다.

혹 당신은 목숨 걸고 사랑하는 뜨거운 사랑만이 진짜 사랑이라고 믿고 있지는 않습니까?

40

과거, 현재,
미래를 걷다

우리는 인생을 걷는다고 말합니다. 여기에서의 '걷다'는 삶을 의미 있게 하는 방법 중 하나로 과거의 경험을 디딤돌 삼아 성장과 변화를 만들어내고, 현재 순간을 적극적으로 살아가며, 미래의 불확실성에 대한 걱정에 물들지 않고, 앞으로 펼쳐질 새로운 가능성에 자신감을 가지며 미래를 마주하는 걷기를 말합니다.

과거의 경험은 원하거나 원하지 않거나 어떤 결정을 내리는 자신만의 척도가 됩니다. 과거 없이 현재가 없고 현재 없이 미래는 없습니다. 과거의 경험은 족쇄처럼 따라다니며 나의 삶에 영향을 미칩니다. 과거를 알면 현재가 보이는 이유입니다.

반대로 현재를 보고 과거를 유추하기도 합니다.

다섯 살 상민이가 왔습니다. 몸은 다섯 살이나 인지능력은 세 살로 기저귀를 차고 말이 어눌하며 문장을 구사하지 못합니다. 저는 지난 5년 동안 상민이에게 무슨 일이 있었는지 알지 못합니다. 아동 카드에는 방임으로 두 살 때 분리되어 사회복지 시설에서 성장하다 다섯 살이 되던 해 엄마에게 갔으나 3개월 만에 다시 학대로 신고되어 긴급 분리되었다고 기록되어 있습니다.

가방에는 급하게 집을 나온 흔적이 들어 있습니다. 상민이를 잠시 보호했던 쉼터에서 사준 새로운 옷 두어 가지가 전부입니다. 다섯 살 아이라면 당연히 있어야 하는 장난감이 하나도 없고 속옷 한 벌도 없습니다. 상민이의 팔과 다리에는 군데군데 멍 자국이 있습니다. 상민이에게 멍 자국이 왜 생겼는지 묻지 않습니다. 그리고 상민이가 다른 아이들과 노는 것을 관찰합니다. 보지 않는 듯 다른 일을 하며 귀는 상민이에게 열려 있습니다. 아이들은 놀면서 무의식중에 자신의 과거 경험을 이야기합니다. 그 조각들이 상민이의 과거를 유추하고 현재를 이해하며 미래를 바라볼 수 있게 하는 단서가 됩니다.

현재를 걷는다는 것은 지금의 순간을 살아가는 것입니다.

어떤 사람은 다른 사람의 삶을 보고 뒤따라가고, 누군가는 자기만의 길을 가며 새로운 길을 만듭니다. 많은 사람 무리에 끼여 떼로 살아가기는 쉽습니다. 특별한 노력을 하지 않아도 되고 특별히 눈에 띄지 않아 스트레스를 받을 일도 적습니다. 어떤 일이 잘못되었을 때도 다들 그렇게 한다고 다른 사람 탓으로 돌릴 수도 있습니다. 그러나 나만의 길을 가는 것은 어렵고 힘이 듭니다. 물론 어떻게 살아갈 것인가는 나의 선택입니다.

미래를 걷는다는 것은 현재의 나와 내가 가진 잠재력, 그리고 가치관을 경험에 더해가며 발전시켜 나가는 것입니다. 새로운 기술과 그에 따른 새로운 분야가 폭발적으로 증가하면서, 우리는 지금의 나를 업그레이드하고 성장시켜 나가기를 원합니다. 이 과정에서 실패와 좌절도 있을 겁니다. 실패는 가장 좋은 스승으로 저를 가르칩니다. 실패를 통해 배운 교훈과 삶의 통찰은 누구도 흉내 낼 수 없는 나만의 자산이 됩니다.

'과거, 현재, 미래를 걷다'라는 주제로 아이들과 함께 여행을 했습니다. 과거의 장소로 논산 철도 마을을 방문해 옛날 교복을 입어보고 연탄불 위에서 설탕과 소다를 녹여 달고나를 만들어보며 아이들이 제가 유년기를 보낸 그 시절을 경험하며 엄마가 살아온 시간을 느껴보길 바랐습니다. 그리고 현재로 이동해 부안에 있는 채석강에서 바닷물에 들어가 첨벙첨벙 놀기도 하고 모래성을 쌓으며 '지금'을 즐겁고 행복한 시간으로 만들었습니다. 마지막으로 '신재생 에너지 테마파크'에서 지구를 살리는 신재생 에너지에는 무엇이 있고 어떻게 생산되는지 체험하도록 했습니다. 그런데 아쉽게도 코로나로 입장이 거부되어 바깥에서 태양광 모듈과 풍력발전기가 도는 것만을 보고 와야 했습니다.

논산 철도 마을에서 과거를 경험했다고 그것이 아이들의 과거가 되지는 않습니다. 아무리 설명하고 경험해도 그것은 아이들의 과거가 아닌 저의 과거일 뿐입니다. 미래 또한 그렇습니다. 이렇게 태양과 바람을 이용해 전기가 만들어지면 우리가 사용하는 전기를 위해 또 다른 에너지를 소비하지 않아도 된다는 것을 지식으로 알 뿐 미래를 살지는 못합니다. 역사를 이해하고 나갈 방향을 결정하는 데 조금이나마 도움이 되기를 바라는 마음으로 '과거, 현재, 미래를 걷다'라는 주제로 1박 2일 여행을 했는데, 아이들 기억 속에는 이 여행이 어떤 그림으로 남아 있을지 모르겠습니다.

우리 인생은 평면 위에 있지 않습니다. 과거는 수직으로 발 아래 디딤돌이 되어 있고, 현재는 하나의 지점이며, 미래는 여러 갈래로 하나의 지점과 연결되어 있습니다. 우리는 하나의 지점에 있습니다. 우리 앞에 있는 미래로 향하는 수많은 갈래 길 중 어느 길로 나아갈 것인가는 나의 선택이고 그 선택은 나의 현재를 만들어갑니다.

우리는 지금, 현재, 여기의 한 지점을 살아가고 있으나 동시에 과거와 현재와 미래를 걷고 있습니다.

41

엄마는 관심인데
아이는 간섭이라 합니다

아이를 양육할 때 관심과 간섭의 경계를 구분하는 것은 굉장히 중요합니다. 관심과 간섭을 올바르게 조절하면 아이의 자율성과 성장을 존중하면서도 적절한 교육과 훈육을 할 수 있지만 그렇지 못하면 서로의 관계에 금이 가고 벽이 쌓이기 때문에 그렇습니다. 그런데 엄마와 아이의 관심과 간섭에 대한 관점이 달라, 같은 상황을 놓고 엄마는 관심이라 말하고 아이는 간섭이라 느낍니다.

저학년의 경우 아이들이 학교에서 돌아오면 가지고 간 연필과 지우개는 필통 안에 제대로 있는지, 숙제는 무엇인지, 혹 내일 준비물은 없는지 알림장을 살피고 학용품 안전을 확인하기 위해 가방을 열어봅니다. 아직은 아이의 행동이 부족해 보여 불안합니다. 혹 학교에 준비물을 챙겨가지 않아 내 아이만 수업에 참여하지 못하면 어쩌나 하는 불안한 마음에 아이의 동의를 받지 않고 자연스럽게 가방을 열어보고 정리하며 엄마의 관심이라고 말합니다. 하지만 아이는 이런 행동을 사생활 침해이자 간섭이라고 느끼며 왜 내 가방을 마음대로 열어보냐고 합니다. 그때부터 엄마의 잔소리가 시작됩니다.

지다는 작은 것에 관심이 많습니다. 작은 종이쪽지에 그림을 그리고 신기하게 생긴 돌멩이를 주워 가방에 넣고 다니며 학교 쉬는 시간에 가지고 놀기도 합니다. 지다에게 책가방은 보물상자입니다. 손을 넣으면 언제라도 놀잇감이 나오고 작은 종이쪽지에 그린 그림 하나가 친구와의 연결고리가 되어줍니다.

하지만 엄마가 바라보는 지다의 책가방은 쓰레기통입니다. 이것저것이 뒤엉켜 엉망이고 모두 버려야 할 것들뿐입니다. 쓰레기를 보물처럼 여기는 지다를 도무지 이해할 수 없습니다. 눈에 띄게 가난한 집도 아니고 부족하게 키우지도 않았는데 왜 보잘것없는 것들을 소중하게 여기는지 속상합니다. 오늘도 엄마는 지다의 가방을 열어보고 질겁을 합니다. 깔끔하기로 소문난 엄마는 지다의 가방을 뒤집어엎습니다. 그리고 이것이 뭐냐고, 가방 안에 쓸데없는 것을 왜 이렇게 많이 가지고 다니냐고 야단을 치고 모두 버렸습니다.

지다는 펄쩍펄쩍 뛰며 웁니다. 내 소중한 것을 왜 엄마가 마음대로 버리냐고 소리를 지릅니다. 엄마는 종이쪽지와 돌멩이가 무슨 보물이냐고, 이런 것 넣어 다니지 말라고 훈육까지 합니다. 엄마의 훈육에 마음이 여리고 약한 지다는 방에 들어가 책상에 엎드려 흐느껴 웁니다. 지다는 자기 마음을 몰라주는 엄마가 밉습니다.

지다는 옆집 아이입니다.

지다 엄마는 저에게 지다의 이상한 행동 때문에 너무나 속상하다고 하소연을 합니다. 저는 깨끗하게 정리해주는 것은 좋으나 지다의 동의를 받고 해주면 좋겠고, 지다가 싫어하면 그냥 두는 것이 어떠냐고 했습니다. 엄마는 선생님이 지다를 이상한 아이로 볼까봐 걱정되어 정리를 해주게 된다고 합니다. 맞습니다. 그럴 수도 있습니다. 그러나 지다가 그것을 통해 안정감을 느낀다면 지다의 생각과 감정을 이해하고 존중해줄 필요가 있습니다. 내가 보기에만 쓰레기이지 지다에게는 그렇지 않을 수 있기 때문입니다.

지난 텍사스 주립대 연수에서 첫 번째로 받은 화두가 '내가 생각하는 정의가 클라이언트에게는 정의가 아닐 수 있다'였습니다. 내가 생각하는 옳음이 반드시 아이에게도 옳음이 되지 않을 수 있습니다. 법에 어긋나거나 자신과 타인에게 위험하거나 불편을 주는 행동이 아니라면 지켜볼 필요가 있습니다. 아이가 편안하게 자기의 생각과 감정을 탐구할 수 있는 시간과 공간을 제공해줘야 하는데 그 최초의 공간이 가방입니다. 엄마가 모르는 아이의 관심이 들어 있을 수도 있고, 엄마에게 보여주고 싶지 않은 이야기가 있을 수도 있습니다.

아이를 양육할 때 관심과 간섭의 경계는 상황에 따라 다를 수 있습니다. 중요한 것은 아이들의 생각과 감정을 존중하면서도 적절한 지도와 관심을 제공하는 것입니다. 이러한 접근은 아이들이 자신감 있고, 책임감을 가지며, 자기 자신을 존중하는 성인으로 성장하도록 도와줄 것입니다.

이쯤에서 아이를 향한 관심의 절반을 나에 대한 관심으로 돌려보는 것은 어떨까요?

나에 대하여 관심을 갖는 것은 현명한 선택을 하게 해주는 중요한 전환점이라는 것을 알게 됩니다. 아이에 대한 관심은 아이가 밝고 건강하게 성장하는 데 도움을 주지만 때로는 우리 자신의 가치를 감추는 결과를 초래하기도 합니다. 아이의 상태에 따라 자존감이 떨어지고, 자신을 소홀히 여기게 되며,

자신의 능력과 잠재력을 제대로 발휘하지 못하고 좌절과 불안에 시달릴 수도 있습니다.

반면 자신에 대하여 관심을 갖게 된다면 새로운 가능성과 기회를 발견할 수 있습니다. 자신을 깊이 이해하고 받아들이는 과정을 거치며 나의 강점과 약점을 파악하고, 어떤 분야에서 더 성장하고 발전할 수 있는지를 알게 됩니다. 이러한 자기인식은 우리를 더욱 자신감 있고 안정된 삶으로 이끌어줍니다.

아이에 대한 관심은 소중하고 필요한 요소이지만, 어른인 우리에겐 자신에 대한 관심을 잃지 않는 것도 중요합니다. 내가 없으면 세상은 존재하지 않습니다. 세상의 모든 것은 나로부터 시작되기 때문입니다.

지나친 관심은 간섭이 될 수 있습니다. 그러니 지금부터라도 아이에 대한 관심의 절반을 나에 대한 관심으로 바꿔보는 것은 어떨까요?

나의 직업은 엄마입니다

초판 1쇄 발행 2024년 1월 15일

지 은 이   조경희
펴 낸 이   한승수
펴 낸 곳   문예춘추사

편   집   이상실, 구본영
디 자 인   박소윤
마 케 팅   박건원, 김홍주

등록번호   제300-1994-16
등록일자   1994년 1월 24일
주   소   서울특별시 마포구 동교로 27길 53, 309호
전   화   02 338 0084
팩   스   02 338 0087
메   일   moonchusa@naver.com

I S B N   978-89-7604-631-4 03810